소년,
황금버스를
타다

소년, 황금버스를 타다

손현주
장편소설

㈜자음과모음

* 일러두기

본문에 나오는 시 〈너무 작은 심장〉은 『사랑하라 한번도 상처받지 않은 것처럼』(류시화 편, 오래된미래)에서 인용하였습니다.

차례

열일곱 마리의 개와 다섯 마리의 고양이

결국 우리 가족은 거리로 쫓겨났다. 개 열일곱 마리, 고양이 다섯 마리와 함께. 그것은 열다섯 살인 내가 감당하기 어려운 일이었다. 평소와 다름없는 하루의 시작이었고 하굣길이었다.

골목 어귀에서 만난 엄마의 모습은 아침과는 다른 풍경이었다. 개와 고양이가 엄마의 발치에서 퀭한 눈을 한 채 목줄을 서로 감고 웅크리고 있었다. 개들은 오랜만에 맨 목줄 때문에 예민했고 그중 몇 놈은 머리를 맞댄 채 으르렁거리기까지 했다. 다른 놈들은 앞발로 땅바닥을 긁으며 서로를 노려봤다.

엄마는 탈색된 푸석한 긴 머리를 노란 고무줄로 질끈 동여매고 담배를 꺼내 입으로 가져갔다. 엄마는 꿈꾸듯 멍한 눈을 내리깐 채 담배에 불을 붙였다. 초췌해진 엄마의 얼굴을 나는 애써 외면하고 싶었다. 엄마의 눈 밑 기미도 오늘따라 검게 도드라졌다. 걱정이 인형을 손에 쥔 주디는 엄마 옆에 찰싹 붙어 껌을 질겅질겅 씹으며 한 손으로 몰티즈 종인 새우를 쓰다듬었다. 엄마는 골목 입구로 들어선 나를 보자마자 격렬하게 손을 흔들어댔다. 엄마는 시종일관 나만 기다린 듯했다. 나는 엄마를 보는 순간 모른 척하고 골목을 획 지나치고 싶었지만 엄마의 눈도장에 찍혀 그럴 수도 없었다.

연립 주택 반지하 입구에 낯익은 가재도구들이 보였다. 빛바랜 이불보따리와 간단한 주방용품과 옷가지를 넣은 여행용 트렁크 등이 덩그러니 골목에 놓여 있었다. 마치 쓰레기 집하장에 사는 사람들의 모습과도 같았다. 엄마와 주디는 노숙자가 따로 없었다. 반가움도 잠시 엄마는 망연자실 앉아 담배꽁초를 바닥에 짓이기며 한동안 땅만 바라봤다. 하루 만에 모든 상황이 달라졌다. 나는 냉정을 찾으려 했으나 길거리에 내몰린 엄마가 나를 알아보는 것조차 싫을 지경이었다. 애초부터 엄마를 믿을 순 없었지만 살림살이가 골목까지 나와 있을 줄은 진짜 몰랐다. 이 많은 떠돌이 개들과 어떻게 살아갈지 앞이 캄캄했다. 가족만 아니라면 삼십육계 줄행랑을 치고 싶은 심정이었다.

"짐들은?"

"당분간 필요한 것만 챙겼어. 나머지 짐은 이삿짐센터에 맡겼고……."

짐을 맡겼다는 건 언젠가 다시 집으로 돌아갈 거란 뜻이지만 엄마의 당분간이라는 말은 믿음을 주지 못했다. 그저 엄마는 당분간이라는 말로 내 불안감을 잠재우려는 노림수를 쓰는 것 같았다. 엄마가 말하는 최소한의 짐이란 지퍼가 찢겨진 트렁크와 조악한 식기류 정도였다. 더구나 칠이 벗겨진 앉은뱅이 상은 분리수거되어 마땅한 살림 도구들이었다. 초라한 짐들을 보자 괜스레 짜증이 훅 일어나 앉은뱅이 상을 발로 걷어찼다. 앉은뱅이 상은 맞은편 집 담벼락에 맞고 뒤집어졌다. 그 순간 컹컹컹! 개들이 느닷없는 파열음에 놀라 요란하게 짖어댔다.

"조용히 못 해! 저 개새끼들은 시도 때도 없이 짖어대! 눈치도 더럽게 없어!"

"이주노! 너 미쳤어? 네가 깡패야! 밥상까지 뒤집게! 네 맘대로 발길질해도 되는 거냐고! 남편 없다고 이제 자식 놈까지 사람을 홀대하네."

엄마가 나를 잠시 노려보며 바락바락 소리를 질렀다. 사실 개들이 짖은 건 걷어찬 앉은뱅이 상 때문이 아니라 골목 안 낯선 사람들의 보행 때문이었다.

"뚫린 건 오직 하늘밖에 없네!"

엄마는 탄식조로 하늘을 올려다보며 중얼거렸다. 하늘은 구름 한 점 없이 파랬지만 내 눈에는 먹구름으로 보였다. 우리 집에 대체 무슨 짓을 한 건지 잿빛 하늘에다 물어보고 싶었다. 더 이상 별들도 새들도 하늘엔 없었다. 거대한 먹구름이 우리 가족을 삼킬 것만 같았다. 언제부턴가 가족은 나에게 공포의 대상이 되고 두려움의 대상이 되었다.

"이럴 때 네 아빠가 있었으면 여기까지 오진 않았어. 지지리 복도 없는 년."

엄마가 갑자기 아빠 이야기를 꺼내다 말고 어깨를 들썩거렸다. 엄마가 눈물을 글썽거리자 급기야는 주디까지 울음을 터뜨렸다. 두 모녀가 얼싸안고 길바닥에서 눈물을 한바탕 쏟았다. 저놈의 눈물을 시도 때도 없이 분위기 파악도 못 하고 질질 흘리는 통에 귀를 틀어막고 싶었다. 숨을 크게 들이쉬고 평정심을 유지하려고 애를 써봤다. '나는 이 집에 하나밖에 없는 아들이다. 나는 이 집의 소년 가장이다.' 나는 주술이라도 되듯이 속으로 읊조렸다. 저 모녀와 달리 나는 현실감각이 있는 소년이다.

"운다고 죽은 아빠가 관 뚜껑 열고 튀어나와! 나오냐고!"

나는 미간을 찌푸리며 소리를 빽 질렀다. 죽은 사람은 죽은 거고 산 사람은 살아야 하는데 두 모녀는 현실감각 제로다.

"애가 어린 동생 앞에서 툭하면 소릴 지르네."

엄마는 울음을 뚝 그치고 고개를 들더니 혼잣말처럼 중얼거렸다.

"지금 울 때가 아니잖아. 오늘부터 저 개들하고 어쩔 거야!"

개들과 엮이면 인생이 피곤해진다더니 그 말이 꼭 맞았다. 엄마는 고양이들을 케이지 안에 종이 짝처럼 구겨 넣고 덩치가 조금 큰 개들은 목줄을 달았다. 그 옆 사과 박스에는 몸이 작은 애완견들이 옹기종기 등을 맞대고 있었다. 온몸에 부스럼 딱지가 앉은 푸들 종인 부슬이, 꼬리가 까맣게 그을려 잘린 잡종견인 똥꼬. 똥꼬는 무슨 이유에선지 발견 당시 꼬리에 검게 탄 흔적이 남아 있었다. 집에 와서도 사람을 경계했고 벽 쪽에 몸을 밀착시키며 두려움에 벌벌 떨었다. 엄마는 그런 똥꼬를 유인해 집으로 데려왔다. 그런 똥꼬를 볼 때마다 엄마는 개를 학대한 잔인한 인간들은 제명에 못 살 거라며 이를 갈았다. 또 다른 믹스견 열무는 거리 생활에서 배를 곯은 탓인지 막무가내로 식탐을 부렸다. 엄마가 열무를 다듬을 때 가장 먼저 달려와 열무 줄기를 아작아작 씹어대는 통에 붙여진 이름이었다. 우리 집의 가장 연장견인 해롱이는 언제나 잠을 자듯 커다란 눈을 지그시 감고 늘어져 자는 통에 붙여진 이름이다. 엄마가 짐작하기로 해롱이는 개 농장에서 새끼만 빼다가 버려진 듯하다고 했다. 실제로 배 부분이 헐어 눈 뜨고 볼 수가 없이 너덜거렸다. 길에서 엄마가 주는 새우깡이 좋아 졸졸 따라온 심장병 걸린 몰티즈 새우를 포함해 모두 집을 잃었다. 알고 보면 사연이 기구한 애들이다. 묶인 개들은 음식물이 담긴 종량제 봉투를 서로 차지하려고 거칠게 이빨을 드러내며 물어뜯어 터져 나온 찌꺼기들을 핥았다. 구질구질한 개들까지 얹혀진 내 인생은 유기견과 별 다를 게 없었다.

엄마의 메마른 입술의 마른 거스러미가 눈에 거슬렸다. 거슬린 건 그것만이 아니었다. 꽃무늬 티셔츠는 빛이 바라고 염색물이 빠져 무늬조차 알 수 없었다. 몇 년 전까지만 해도 엄마는 추레하지도 구질거리지도 않았다. 엄마의 피부는 탱탱했고, 볼우물이 파인 모습이 꼭 만화 속 짱구 엄마처럼 흥이 있었다. 지금 골목에 선 엄마의 얼굴은 마분지처럼 푸석거려 도무지 여자의 얼굴이라고 할 수 없었다.

엄마의 발치 사이로 새우가 어느새 말라비틀어진 사과 꽁지를 물고 와 미친 듯이 혀를 내밀며 핥았다. 결국 예상대로 일이 흘러가고 있었다. 엄마는 오늘 자신이 감당할 수 없는 개들과 함께 집 밖으로 쫓겨났다. 오늘은 열다섯 번째 내 생일이기도 했다. 엄마는 오늘이 아들의 생일인지도 잊은 듯했다. 주디는 오물거리던 입으로 껌을 볼이 터져라 불었다. 입에서 나온 풍선이 점점 더 커지더니 이내 퍽 하는 소리와 함께 터지고 말았다. 주디는 입가에 달라붙은 껌을 손가락으로 뜯으며 말했다.

"이제 우리 어떡해."

"뭐 죽기야 하겠어."

무사안일과 천하태평이 신조라는 듯 엄마는 무덤덤한 표정이었다. 그런 얼굴을 보고 있으려니 속이 터질 것 같았다. 집을 비워야한다는 사실을 일주일 전에야 알게 됐다. 집주인에게 독촉을 받는다는 사실은 어렴풋이 알았지만 최소한 엄마가 갈 곳을 마련했을거라고 기대했다. 우리가 살고 있던 연립이 재개발 지구로 지정된사실은 알았으나 이렇게 빨리 집을 비우게 될지 몰랐다. 이미 이동네는 철거로 인해 많은 사람들이 이주한 상태였다. 밤이면 사람들을 보는 것보다 길고양이와 마주치는 경우가 더 잦은 동네였다. 다닥다닥 붙어 있는 다세대 주택은 밤이면 어두웠고 인적마저 끊겼다. 재개발로 골목 어귀의 마트도 문을 닫는 바람에 라면이라도사러 가려면 십분을 걸어 아파트 단지 쪽으로 돌아갔다. 이차선도로 하나가 편을 가르듯 사람이 사는 동네와 쥐가 사는 동네로나눈 듯했다. 더구나 골목 초입 전신주 위에 걸어놓은 '세입자 주거권을 보장하라'라고 적힌 현수막이 빛이 바래서 더욱 을씨년스러웠다. 낡은 가구들이 골목길마다 방치되어 쓰레기더미로 쌓여있었다. 우린 그곳을 빠져나올 수 없었다. 열일곱 마리 개들과 함께 이사 갈 집을 찾을 수 없었기 때문에 마지막까지 버텼다.

우리에게 문제는 언제나 떠돌이 개들이었다. 엄마는 개들과 함께 이사를 가야 한다고 고집을 부리는 통에 우리가 갈 집은 세상에 없었다. 사실 어떤 집주인이 저런 떠돌이 개들을 데리고 있는 세입자에게 세를 주겠는가. 만만한 이모네 집마저도 갈 수 없는 처지가 되었다. 그러다 보니 개들을 볼 때면 언제나 저 목줄을 풀어버리고 싶은 유혹을 종종 느꼈다. 왜냐하면 저 개들은 내 발목을 잡는 악당이기 때문이다.

쿵쾅쿵쾅 옆 골목에서 가스 배관의 절단 작업을 하러 온 일꾼 아저씨들이 땅을 파고 있었다. 땅 파는 소리에 바닥이 울렸다. 그 소리가 마음을 무겁게 짓눌렀다. 텅 빈 동네에서 우리 집만 나가면 모든 게 끝난다는 소리로 들렸다. 주황색 모자를 쓴 아저씨들은 며칠 전까지만 해도 유리문을 쇠망치로 부수었다. 쨍그랑쨍그랑거리는 소리가 위협적으로 집 안까지 날카롭게 들렸다. 결국 엄마는 더 이상 버티지 못했다.

"주노야."

엄마의 잠잠하던 눈에서 갑자기 빛이 번쩍했다.

"생각났어."

"뭐가?"

"으음 그게…… 너…… 혹시 흉가라고 아니?

엄마는 아주 발랄하게 말했다.

"흉가? 흉가라면 혹시 귀신 나오고 그런 집?"

"으음, 그렇지. 실제로 귀신이 나왔는지는 모르지만 소문에는 흉가라고 하더라."

며칠 전부터 엄마가 인터넷을 뒤진 이유를 이제야 알 것 같았다. 엄마는 빈집을 알아보고 있었다. 아니 정확히 흉가를 알아봤다.

"엄마, 무서워!"

주디가 엄마 옆에 찰싹 달라붙었다.

"너 몰라서 그런다. 사람이 귀신보다 훨씬 더 정신력이 강하다는 거 모르지? 그래서 정신이 중요하다는 거야. 정신만 똑바로 차리면 귀신도 이겨 먹거든."

엄마의 말이 사실이라면 우린 어쩌면 귀신과도 맞짱을 뜰 판이었다. 엄마는 언제나 말도 안 되는 억지를 부렸다. 곤란한 질문에 대한 엄마만의 해석이기도 했다.

"엄마는 귀신도 이겨 먹는데 왜 우울증은 이기질 못해?"

"글쎄…… 그건 나도 모르지. 우울증하고 귀신하곤 좀 차원이 다르잖아."

엄마는 그 말을 하면서 날 빤히 쳐다봤다. 그 옆에 있던 주디가 이로 입술을 잘근거리며 엄마의 어깨에 머리를 기대고 말했다.

"그럼 집에 십자가 걸어두면 되지?"

"십자가든 벼락 맞은 나무든 지금은 그게 중요한 게 아냐! 귀신보다 더 무서운 게 뭔지 아니? 그건 당장 있을 곳이 없다는 거야."

엄마는 단호하게 말했다. 난 집이 없는 게 귀신보다 더 무섭다는 말이 조금은 이해가 되는 것 같았다.

엄마는 그날 이후 열심히 인터넷을 뒤지더니 기어이 흉가 한 채를 찾아냈다.

"이 집이야!"

인터넷에는 떠도는 흉가의 사진이 여러 장 있었다. 집 전체를 구석구석 찍어 올려둔 흑백 사진들이 정말 보기에도 흉흉했다. 더구나 으스스한 음악이 배경으로 깔려 꼭 뒤통수에서 귀신이 튀어나올 것만 같았다. 사진 아래에는 이런 글귀가 적혀 있었다.

이 집에 들어가는 인간들이여, 귀신이 나오니 죽을 각오가 되어 있으면 들어와 살아도 됨. 관심 있는 사람은 연락주시오.

— 영원 흉가 주인백

흉가는 6·25 한국전쟁 때 죽은 학도병이 사살당하고 묻힌 곳이라고 적혀 있었다.

"엄마…… 우리 꼭 이런 데서 살아야 돼? 귀신도 보기 전에 죽을 것 같아."

주디가 먼저 앓는 소리를 냈다.

"흉가에 살면서 귀신이 없다는 걸 우리가 증명하자. 우리가 그 집에서 잘 살면 아마 집값이 오를 걸. 운이 좋다면 다시 그 집을 팔고 다른 집으로 이사 갈 수도 있어."

"엄마는 흉가가 안 무서워?"

나는 심각한 얼굴로 물었다.

"무섭지. 그래도 길가에 나앉는 것보다 낫잖아. 엄만 귀신보다
집주인 얼굴이 더 무섭더라."

엄마는 정말 귀신보다 집주인 할머니를 더 무서워하는 것 같았다.

"사실 알고 보면 흉가는 사람들이 자살한 경우가 많아. 대개 사
람이 집에서 목매달았다고 하면 재수 없다고 하잖아. 그래서 모두
가 두려워하는 거야. 사람은 언제 죽든 결국 죽어. 자살했다고 하
면 괜히 으스스하고 뭔가 죽은 영혼이 그 집에 머물러 있을 거라
고 생각해서 그냥 피하는 거지 뭘."

엄마는 이럴 때 보면 겁이 없는 사람같이 보였다. 엄마는 흉가
이야기를 하다 말고 옆에 있던 천 가방에서 담배를 한 대 꺼내 물
었다. 엄마는 니코틴 중독자다. 엄마가 좋아하는 담배는 길고 가늘
다. 엄마가 입에 문 담배에 라이터 불을 갖다 댔다.

"이런 개뿔, 이제는 라이터까지 말을 안 듣네."

라이터돌이 피식피식거리며 헛돌자 짜증이 난 듯 엄마는 라이
터를 골목 모퉁이 쪽으로 던져버렸다. 엄마는 하루라도 담배를 입
에 대지 않으면 초조해 견딜 수 없는 듯했다.

"일단 이모한테 가자!"

나는 두 모녀의 울음이 잠잠해진 후 비장하게 말을 꺼냈다.

"이모?"

"그래, 이모한테 전화해 봐."

옆에 있던 주디가 보다 못해 한마디 거들었다. 엄마는 이모라는 소리에 정신이 번쩍 든 듯 핸드폰을 꺼내 번호를 눌렀다. 잠시 후 엄마는 아무 말도 없이 핸드폰을 귀에서 뗐다.

"이모 전화 안 받아. 엄마가 우리 사정 벌써 얘기했거든. 일부러 안 받는 게 분명해. 미친년, 피붙이라곤 딱 지하고 둘뿐인데 이렇게 인정머리가 없는 년은 첨 봐."

"이모가 뭐라는데?"

"개새끼들 집으로 끌고 오는 순간 초상 치를지 알래. 경찰에 신고해서 백 미터 접근 금지를 시킨댄다. 쟤네들 떼고 오면 함 생각해보겠대."

"진짜?"

"이모 말도 맞지 뭘 그래. 저런 떠돌이 개들을 끌고 집으로 간다는데 누가 반겨!"

"관두라고 해. 지년 집으로 오라고 해도 가고 싶지 않아. 꼴랑 쥐꼬리만 한 생활비 좀 보태면서 유세를 얼마나 떠는지. 정말 눈꼴시어. 그 집구석에 들어가도 문제야. 그 눈치를 또 어찌 봐. 차라리 잘됐어."

엄마는 그동안 이모에 대해 서운했던 감정을 숨기지 않았다. 이모는 수입 잡화점을 운영하고 있었다. 장사 수완이 좋아 돈에 쪼들리며 살지 않았다. 더구나 애가 없는 탓에 간간히 우리에게 용돈을 쥐어줄 때가 많았다. 엄마가 일을 못하게 된 뒤에는 생활비도 조금씩 보조해주고 있다.

"엄마, 그냥 개들을 보호소에 보내자."

나는 엄마를 설득하려고 다시 한 번 유기견 보호소 이야기를 꺼냈다.

"거긴 안 돼."

엄마는 잠시의 틈도 주지 않고 단호하게 딱 잘라 거절했다. 엄마에게는 드라마 같은 반전이 없었다.

"컹컹컹!"

개들이 지나가는 낯선 사람들에게 경계심을 보이며 집단적으로 짖어댔다. 이번엔 우리 모두 웃지 않았다.

"이게 뭐야! 저놈의 개들 때문에 진짜⋯⋯."

난 엄마 들으라는 듯 화를 내며 투덜거렸다.

"바로 거기야!"

엄마가 갑자기 콧김을 뿜으며 소리를 질렀다.

"이 지긋지긋한 소굴에서 벗어날 시간이 됐다. 이제 오늘 밤 어디서 지낼지 걱정하지 마. 엄마만 믿으면 돼."

엄마는 예측이 불가능한 사람이다. 좀 전의 모습과는 달리 시동 걸린 트럭처럼 뭔가 발동이 걸린 듯 흥분했다.

"혹시 엄마가 말하던 그 흉가?"

"그건 아니고, 너 희망교회 앞에 있는 125번 종점 알아?"

"거긴 버스 종점이고 집이 없는데?"

"따라와 보면 알아."

엄마의 자신감이 꼭 우릴 흉가로 데려갈 것 같았다. 길바닥에 주저앉아 있던 엄마는 사막의 오아시스라도 찾은 듯 자리를 훌훌 털고 일어섰다.

125번 종점 공터에는 빌딩이 지어질 거라는 소문이 몇 해 전부터 돌았다. 버스 회사가 이사 간 지 육 개월이 지났지만 빌딩은 지어지지 않았다. 항간에는 그 땅에 소송이 붙었다는 말도 돌았다. 엄마는 문제가 있는 땅에 건물이 들어서려면 몇 년이 걸릴지 모른다고 말했다.

엄마는 골목 입구에 사는 박스 줍는 할머니에게 리어카를 빌렸다. 이불 보퉁이와 간단한 살림 도구들을 리어카에 실었다. 대부분 나와 주디의 짐이었다. 손수레 위에 대충 실린 짐들이 위태위태하게 매달렸다. 이삿짐을 동여매면서도 한편으로는 엄마의 말이 의심스러웠다. 진짜 개들과 살 집이 생겼다는 말이 선뜻 믿어지지 않았다. 엄마는 살림살이들을 리어카에 실은 후 우리에게 뒤를 밀어보라고 했다. 엄마는 리어카 손잡이를 부여잡으며 "6·25 동란 때나 해볼 리어카 이사를 다 해보네"라며 혼잣말을 중얼거렸다.

우리는 고개를 푹 숙이고 리어카 뒤를 밀며 걸었다. 골목을 벗어나 대로로 나가자 혹시나 우리 가족을 알아보는 눈이 있을까 봐 조마조마했다. 종점 공터까지의 거리가 먼 건 아니지만 리어카를 미는 동안만큼은 시간이 길게 느껴졌다. 엄마가 끄는 리어카는 무거운 짐 때문인지 느릿느릿 움직였다. 종점까지 가려면 차가 다니는 도로로 나가야 했다. 리어카는 무거운 짐이 힘에 부친 듯 좌우로 흔들거렸다. 리어카 귀퉁이에서 결국 국 냄비 한 개가 바닥으로 굴러떨어졌다. 뒤이어 이불 보따리 위에 삐뚜름하게 올려둔 내 책가방이 바닥으로 툭 하고 떨어지고 말았다. 가방 속에 있던 잡동사니들이 생선 내장마냥 바닥에 뒹굴었다. 땅바닥은 온통 쓰다 만 문구류들이 흩어져 고스란히 내 일거리가 되고 말았다. 무심한 엄마는 길바닥에 짐이 떨어졌는지도 모르고 혼자 리어카를 끌고 묵묵히 앞만 보고 걸었다. 길 가던 사람들이 길바닥에 떨어진 냄비와 가방을 힐긋거리며 훔쳐보았다. 나는 쥐구멍이 있으면 숨고 싶은 심정이었다.

"야! 이주노 왜 뒤를 안 밀고 거기 있어!"

엄마는 그런 내 마음을 훔쳐보기라도 한 듯 재차 소리를 질렀다. 나는 다시 고개를 숙여 주섬주섬 떨어진 냄비와 가방을 빠르게 주웠다. 엄마는 이미 리어카를 끌고 횡단보도를 건너는 중이었다. 이대로 확 내빼고 싶은 충동이 일었다. 어쩌면 지금이 골칫덩이 엄마를 피할 수 있는 절호의 기회인지 모른다.

"주노야! 주노야!"

그때 또 나를 애타게 부르는 소리가 들렸다. 횡단보도를 이미 건넌 주디와 엄마가 나를 부르며 또다시 손을 흔들었다. 저 놈의 손은 시도 때도 없이 날 향해 흔들었다. 나는 그런 엄마가 혐오스러웠다. 내가 들고 있는 냄비와 책가방, 이런 것들을 도로 한가운데 내동댕이치고 싶었다. 내가 지금 이 순간 무엇을 할 수 있을까. 횡단보도의 신호가 파란불로 바뀌자 머뭇거리지도 않고 길을 건넜다. 이게 내 운명이다.

엄마와 주디가 있는 곳은 말 그대로 버스 종점 공터였다. 리어카의 짐을 바닥에 풀어놓은 채 다시 리어카를 끌고 집 방향으로 돌아갔다. 이번에는 개들을 데려올 차례였다.

골목 안으로 들어서자 나와 엄마를 본 개들은 기다렸다는 듯이 짖어댔다. 개들은 주인이 나타나자 모두들 반가워했다. 어쩌면 이 어두운 골목에 또다시 버려질까 봐 두려움에 떨고 있었는지도 모른다. 서둘러 케이지와 작은 개들을 리어카에 실었다. 리어카 안에서 바글거리는 개들은 모두들 배가 고픈 탓인지 지쳐 보였다. 마지막 이동에는 새우가 목줄을 풀고 내 뒤를 졸졸 따랐고 고양이들을 넣은 케이지를 리어카 위로 올렸다.

"고양이들이 감옥에 갇힌 것 같아."

주디가 케이지 안에 뒤엉겨 있는 고양이들이 안타까워 이렇게 말했다. 어미 고양이가 얼마 전에 새끼를 낳아 부쩍 예민해 있었다. 어미 고양이는 새끼를 배에 깔고 무거운 몸을 바닥에 바짝 대고 있었다. 개들과 함께 이동하는 동안 사람들은 우리를 수상한 눈길로 힐끔힐끔 쳐다보았다. 그들은 대책 없는 이 기이한 가족들의 행렬이 우스운 듯 옆 사람에게 소곤대며 키득대기도 했다.

개와 고양이를 집으로 끌어들인 건 엄마였다. 엄마는 삼년 전 아빠를 잃은 후 떠돌이 개를 집으로 끌어들이는 습관이 생겼다. 처음엔 한 마리였다가 어느새 두 마리가 되고 급기야는 중성화 수술을 안 한 탓에 믹스견들이 불어났다. 나중에는 어떤 개들끼리의 혼혈견인지 분간이 되지 않았다. 비글과 닥스훈트인가? 아냐 이건 시추의 믹스견이야? 엄마와 나는 무슨 종과 섞였는지를 알 수 없어 혼란을 겪었다. 이제 혼혈견들은 물론 요크셔테리어, 몰티즈, 비글, 정체성을 알 수 없는 똥개와 길고양이들까지 다양한 애들이 한 식구로 살고 있었다.

우리 가족은 애초부터 개를 입양할 생각이 전혀 없었다. 유기동물을 입양하는 일은 훌륭한 일이지만 우리 가족은 그럴 만한 여유가 없었다. 분명 유기견을 집으로 끌어들인 일은 재앙의 씨앗이었다. 모자 가족으로 세 명이 살기도 빠듯한 집에 감당하기 어려운 군식구들이 불어나면서 원치 않는 동거가 시작됐다.

비좁은 지하 연립을 그렇게 개들이 채웠다. 집 안 전체를 차지한 개들의 배설물로 거실과 방은 발 디딜 수 없는 상태가 되었다. 개들 역시 스트레스 때문에 어느새 공격적으로 변했다. 집 밖에서 들리는 작은 소리에도 예민했다. 밤새 서로 목청 자랑이나 하듯이 번갈아가며 서열 다툼을 했다. 힘이 센 개들이 자신의 코끝을 약한 개들에게 대고 점차 구석으로 몰았다. 결국 힘이 약한 개들의 목을 물어뜯어 피를 보는 상황도 수시로 일어났다. 그럴 때마다 엄마는 막대기로 힘센 개들을 다른 방으로 몰아내곤 했다. 푸들인 열무는 저항을 하다 꼬리를 잘렸다. 열무의 꼬리를 문 믹스견 대박이는 엄마가 아무리 혼내고 타일러도 타고난 성격이 난폭해서인지 쉽게 고쳐지질 않았다. 언젠가 한번은 열무를 스토커처럼 그르렁거리며 따라다니는 통에 혼을 내주려다 오히려 내 손까지 물어 혼이 난 적도 있었다.

"아오, 저놈, 지 주인도 몰라보고, 그냥……."

나는 성난 눈으로 대박이를 노려보았다.

"저놈도 어디선가 학대를 받은 게 분명해. 저렇게 사나워진 것도 다 이유가 있을 거야."

"이놈은 원래부터 사나워! 몸집이 작든 크든 약한 놈들만 골라 못살게 군다구!"

개들은 훈련도 받지 않은 상태에서 서열을 정하느라 그라운드 굳히기, 트윈킥, 쩍벌킥, 도발킥 등 저마다의 개성을 발휘하며 정신없게 굴었다. 밤새 전투 모드로 바뀌며 서로 으르렁거리는 통에 잠을 못 이루는 날들도 많았다.

이웃들은 우리 가족을 호기심 어린 눈으로 주시했고 때로는 불쾌한 눈빛을 보내기도 했다. 그 덕에 이웃들의 민원이 수없이 관공서로 날아들었다. 구청 직원이 여러 번 우리 집을 방문했고 급기야 개들을 유기견 보호센터로 보낼 것을 요청했다.

"개들의 주인이 바로 난데 누구더러 명령이야."

엄마는 똥고집을 부리며 성깔을 부렸다. 나라도 무슨 대책을 세우고 싶었지만 내게는 어른들의 일을 해결할 만큼 능력이 없었다. 결국 집주인은 소음과 오물의 근원지라는 이유로 엄마에게 나갈 것을 요구했으나 엄마는 기한이 남았다며 버티고 버텼다. 사실 이런 개들을 끌고 이사 갈 곳이 마땅치 않아 공사 시작 전까지 버틴 셈이었다. 결국 굴착기 소리가 쿵쿵거리자 부랴부랴 개들과 골목 밖으로 나온 셈이다. 그나마 철거일이 다가오면서 한 집 두 집 이웃들이 이사 가버리는 바람에 근근이 마지막까지 버틸 수 있었다.

종점 공터가 보일 즈음 내 뒤를 졸졸 따라오던 새우가 보이지 않았다. 주디와 나는 리어카를 팽개치고 새우를 불렀다. 새우는 놀이터 입구에 있는 노점 과일 가게 주변을 어슬렁거리며 접근했다. 코를 땅에 박고 킁킁거리며 시종일관 고개를 들지 않았다. 쿰쿰한 냄새를 더 맡기 전에 당장 새우를 체포해야 했다. 더구나 낯가림이 심한 겁쟁이다. 우리와 눈이 마주친 새우는 뭔가 쩝쩝거렸다. 나는 얼른 새우의 목을 쥐어 올렸다. 새우의 입에는 바나나 껍질이 물려 있었다.

"너 지금 상황 파악하는 거냐? 엉!"

나는 화를 참지 못하고 냅다 소리를 질렀다. 물고 있던 바나나 껍질이 새우의 입 주변에 거뭇거뭇 묻어 있었다.

"이거 완전 악동이네. 에이씨!"

나는 새우의 엉덩짝을 발로 찼다. 새우는 깨갱 소리를 한 번 지르더니 이내 꼬리를 위로 세웠다. 더구나 조금 걷더니 숨을 쌕쌕 몰아쉬며 땅바닥에 주저앉아 걸을 생각을 하지 않았다.

"일어나 새우!"

난 새우에게 일어날 것을 명령했으나 듣는 척을 안 했다. 제기랄! 끝끝내 속 썩이네. 나는 할 수 없이 새우를 안고 버스 종점까지 갔다.

동물들을 공터로 모두 옮겼을 때에는 이미 날이 어두워 땅거미가 진 뒤였다. 먼저 개들을 공터 담벼락이 있는 곳으로 몰고 가 담벼락 기둥에 묶어두었고, 고양이 케이지도 사이사이 끼워 넣었다.

"이제 우리가 지낼 곳은 어디야?"

내가 엄마에게 우리 가족이 지낼 곳이 어딘지 물었다.

"걱정 마."

엄마는 나를 빤히 보며 여유 만만한 태도를 취했다.

"저기 저쪽을 봐."

엄마는 손가락 끝으로 무언가를 가리켰다. 엄마가 가리키는 곳은 오래전부터 서 있던 낡은 버스 한 대였다.

"어디?"내가 재차 엄마에게 묻자 "바로 저기!"하며 엄마는 손가락으로 낡은 버스 쪽을 다시 가리켰다. 검은 먼지를 뒤집어쓴 폐차장으로 가야 할 버스였다. 버스는 오래전부터 공터 구석을 차지하고 있었기 때문에 낯이 익었다.

"설마? 저 버스?"

"맞아."

예측은 벗어나지 않았다. 엄마는 당당하게 버스 쪽으로 걸었다. 버스 가까이에 다가가자 여닫이 격자창은 깨져 틈이 벌어져 있었고 페인트칠이 벗겨진 차체는 누더기처럼 보였다. 엄마가 먼저 버스 출입문을 잡아당겼다. 끼이익 하며 버스 문이 기분 나쁜 소리를 냈다. 텅 빈 버스 안으로 들어가자 엄마의 궁색한 눈이 갑자기 빛나기 시작했다. 저런 눈빛을 가질 때 엄마는 늘 사고를 쳤다. 저 눈빛을 조심해야만 했다. 엄마의 생물학적 나이는 마흔한 살이지만 정신연령은 나보다 어릴지도 모른다.

버스 안에는 다리가 뽑힌 의자들의 구멍이 우묵하게 보였다. 바닥에는 먹다 남은 음료수 캔과 술병이 여러 개 굴러다녔고 코를 찌르는 악취까지 풍겼다. 버스 뒷좌석 쪽에는 오래된 구토 흔적까지 군데군데 있었다. 그 토사물 위로 여러 마리의 똥파리가 윙윙대며 날아다녔다. 웩 웩! 구역질이 나 도저히 견딜 수 없어서 버스 밖으로 다시 튀어나왔다.

"괜찮니?"

엄마가 버스 창밖으로 목을 내밀고 내게 소리쳤다.

"엄마는 이게 괜찮아 보여?"

난 볼멘소리로 짜증을 냈다. 잠시 후 나는 다시 버스 안으로 들어갔다. 엄마는 여전히 그런 악취를 참을 만한지 구석구석을 큰 눈으로 살피기에 여념이 없었다. 아마도 폐차 직전인 버스에서 지냈던 사람들이 꽤 여럿 있었던 모양이다.

"오케이!"

버스 안에서 엄마가 느닷없이 경쾌하게 소리를 질렀다.

"이 정도면 얼마간 지내도 되겠는 걸. 개들이 짖어도 별말할 사람들도 없고. 이 공터야말로 개들이 지내기엔 최적의 장소야. 안 그냐?"

엄마는 내가 격하게 호응해주기를 기다렸다. 그러나 나는 입이 떨어지지 않았다. 엄마가 노린 건 바로 넓은 공터였다. 담벼락에 붙은 플라스틱 간이 천장과 기둥들이 비를 막아줄 수 있었다. 넓은 공터는 이제 그 누가 뭐래도 방해할 사람이 없어 보였다.

"당분간 여기서 지내자."

엄마는 나와 주디의 얼굴을 번갈아보며 말했다.

"여기서?"

"그래? 버스 개조해서 집으로 만드는 사람들 꽤 있어."

"난 본 적 없는데?"

"어…… 그게 맞다. 무슨 TV 프로그램에서 봤어."

엄마는 얼굴색 하나 변하지 않고 대답했다.

"그러니까 흔한 일은 아니잖아. 더구나 이 버스는 집처럼 개조도 되어 있지 않아. 더구나 화장실도 없잖아."

난 어이가 없어 엄마에게 따지듯 물었다.

"TV 안 본다고 죽지 않아. 요즘 애들 교육에 안 좋다고 있는 TV도 없애잖아. 화장실은 요 앞 은행 건물 일층에 있고 물은 은행 안에 정수기 있잖아."

"어떻게 그렇게 살아?"

주디는 어이가 없다는 듯 당황한 표정이었다.

"지금은 비상 상황이야. 어쩔 수 없어. 엄마도 이 상황이 맘에 드는 건 아니지만, 도리가 없잖아. 이주노, 다른 방법이 있으면 말해봐."

엄마는 느닷없이 내게 단 한 번도 상상해본 적이 없는 일을 물었다. 엄마는 열다섯 살밖에 안 된 아들에게 언제나 내놓을 수 없는 답을 요구했다. 날 아들이라기보다 남동생이나 남편쯤으로 여기는 것 같았다. 나도 엄마에게 고작 열다섯 살밖에 안 된 아들이고 싶을 때가 많다. 그때 밖에 묶어놓은 개들이 컹컹거리며 요란하게 짖어댔다.

잠시 우리의 대화가 끊어졌다. 엄마는 일을 저지르고 결국 내가 해결하기를 원했다. 지금 이 상황이 진짜 가족 캠프를 하는 거라면 하는 상상을 잠시 했다.

"날더러 어쩌라구?"

나는 엄마가 원하는 대답 대신 화를 버럭 냈다.

"너도 대책 없긴 마찬가지잖아. 이주노, 내 말을 구겨진 휴지처럼 아는데 기분이 좀 더럽네. 그러니까 군말 말고 내 말 따라."

엄마는 언제나 개들과 함께 살기를 원했다. 엄마는 떠돌이 유기견들을 집으로 데려온 뒤 개들이 눈에 띄지 않으면 굉장히 불안해했다. 엄마는 무슨 이유인지 모르겠지만 개들에게 집착했다. 엄마의 말로는 아빠가 없는 이 집에 개들이 있어 든든하다며 무슨 수

호천사로 여기는 듯했다. 그러나 나는 개들과 보낸 이년이 끔찍했다. 개들 때문에 이웃과 분란만 늘었고 생활은 궁핍해졌다. 개들은 우릴 지키지 못했다. 거꾸로 우리가 개들을 지켜야 하는 번거로움이 우리 가족의 생활을 위협했다.

버스 안을 대충 치우고 난 후 엄마는 내게 큰 생수병을 건넸다.

"은행에 가서 물 좀 길어와!"

"은행에서 물을?"

난 어처구니가 없어 피식 웃어버렸다.

"그 똥 싼 표정은 뭐냐?"

엄마는 또다시 말꼬리를 잡았다.

"나 못해."

"네가 못하면? 주디만 보내?"

엄마의 가시 돋친 말에 나는 그냥 아무 생각도 없이 서 있었다. 정말 서 있는 시간은 딱 이초 정도였다. 엄마가 손에 쥐어주는 생수병이 담긴 봉지를 나도 모르게 덜컥 받아들고 말았다.

"생수병 들고 가면 경비 아저씨가 잡을지도 몰라."

나는 병을 받아들면서 볼멘소리로 대꾸했다.

"그럼 엄마가 물통 들고 가리? 경비한테 걸려도 어린 니들이 낫지. 이 병에는 화장실 물 받아오고 작은 병에는 먹을 물 좀 담아와."

엄마의 목소리는 더 의기양양하고 톤이 높았다. 1.5리터짜리 생수병과 작은 생수병들이었다. 저 병들은 은행 정수기 물을 훔쳐오는 도구들이었다.

"싫어! 그냥 사 먹자. 쪽팔리게……."

주디가 툴툴댔다.

"차라리 그 돈으로 쌀을 사지. 미쳤어! 물까지 사 먹게. 이모한테 생활비 보조까지 받는 처지에……."

"지금 엄마가 딸한테 생수 훔쳐 오라고 시키는 거잖아."

주디가 이번에는 지지 않고 대들었다.

"주디 너, 지금 엄마한테 반항하는 거야!"

난 어이가 없어 엄마를 뚫어지게 쳐다봤다.

"까딱 잘못하면 우리 둘 다 도둑으로 몰리는데? 지금 이게 엄마는 반항으로 보여?"

난 또다시 목소리에 각을 세우고 엄마에게 덤볐다.

"이 바보야! 은행 정수기 물은 나라 세금으로 사는 거라 시민이면 누구나 먹을 수 있어."

"그래도 손님들 먹으라는 거지 우리 먹으라는 건 아니잖아."

"너 쪽팔린 게 낫니, 목말라 죽는 게 낫니? 선택해."

"아! 엄마 땜에 돌겠다. 진짜!"

엄마는 내 짜증에도 불구하고 물통이 담긴 검은 비닐봉지를 내밀었다. 이럴 때 보면 엄마는 꼭 이슬람 무장 조직의 수장처럼 보였다. 엄마는 우리가 선택할 수 없는 것들을 요구했다.

주디와 나는 비닐에 페트병을 담아 은행 건물이 있는 곳으로 갔다. 일층으로 들어서자 왼쪽 모퉁이에 경비실이 보였다. 경비 아저씨가 돋보기를 쓰고 신문을 들여다보느라 우리는 쉽게 통과했다. 주디는 겁이 나는지 내 옆에 찰싹 붙었다. 은행 안으로 들어서자 다행히도 직원들은 각자 바쁘게 할 일을 하느라 아무도 우리를 눈여겨보지 않았다. 더구나 은행 마감이 임박한 탓인지 객장에 사람들이 몰려 분주했다. 주디가 정수기 앞에 서자 나는 주디 옆을 가로막아 섰다. 주디가 눈에 띄지 않게 보초병처럼 좌우를 살폈다. 주디가 비닐에서 급하게 생수병을 꺼내려다 병을 바닥에 떨어뜨리고 말았다.

"지금 장난하냐?"

나는 주디에게 작은 소리로 윽박질렀다. 얼른 병을 주워 비닐봉지에 넣었다. 다행히 은행 직원들은 우리를 눈여겨보지 않았다. 주디는 떨리는 손으로 생수병 주둥이를 정수기 찬물 코크 쪽에 갖다 댔다. 물이 페트병에 가득 찼다. 이러기를 몇 번 반복하자 비닐봉지가 점점 무거워졌다. 마지막 작은 생수병에 물이 찰 무렵 누군가 소리를 쳤다.

"여기서 물장난하면 못써."

은행에서 근무하는 청원경찰이 우리를 보며 한마디 했다. 나와 주디는 화들짝 놀라 하마터면 들고 있던 생수병을 놓칠 뻔했다. 청원경찰이 우리를 물 도둑으로 보는 게 아니라 물장난하는 아이로 봐줘서 너무 다행이었다. 나와 주디는 서둘러 검은 비닐봉지를 들고 은행을 빠져나왔다.

은행 건물을 빠져나오자마자 나와 주디는 동시에 스프링클러의 물이 튀듯 뛰었다. 청원경찰이 허리에 찬 권총을 들고 우리 뒤를 쫓을 것만 같아 등짝에 땀이 줄줄 흘렀다. 젖 먹던 힘까지 내 한참을 달리다 뒤를 돌아보니 청원경찰은 보이지 않았다. 그래도 남의 물을 훔쳐왔다는 생각은 별반 다르지 않아 마음이 편치 않았다.

잠시 후 우린 버스로 돌아왔다. 엄마는 여전히 버스 바닥에 얼굴을 박고 물걸레질을 해댔다. 나는 물이 들어 있는 비닐봉지를 신경질적으로 버스 운전석 옆에 던졌다.

"아들이 왜 그리 화가 났을까!"

엄마는 내 얼굴 한 번 보지도 않고 박박 바닥만 닦았다. 내가 화가 난 이유에 대해서 엄마는 조금도 관심이 없어 보였다. 어쩌면 저 바닥보다 더 못한 아들인지도 모른다. 엄마가 가장 싫어하는 게 집 안 청소인데 오늘만큼은 죽기 살기로 닦아댔다. 엄마는 이 버스를 발견한 걸 굉장한 행운이라고 믿는 것 같았다.

"엄만 너한테 많은 걸 바라는 게 아니야. 그저 걔들도 다 한 식구로 봐달란 말이야. 우린 한솥밥 먹는 식구잖아."

"한솥밥? 누가?"

난 말도 안 되는 엄마의 유기견 사랑에 기가 막혔다. 저따위 떠돌이 개들을 식구라고 들먹이는 엄마를 볼 때마다 그 입을 양말로 막아버리고 싶었다.

버스 좌석이 뽑힌 자리에 구멍이 파여 있었다. 엄마는 신문으로 그 구멍을 막고 바닥에 비닐을 깔았다. 그 위에 엄마는 낡은 돗자리를 폈다. 순간 버스는 방바닥처럼 그런대로 모습을 갖췄다.

"이제 요만 위에 깔면 침대 안 부럽겠는걸!"

엄마는 좁은 버스 안이 마치 우리 집이나 되는 것마냥 좋아했다.

"이제 다 됐다. 이만하면 우리 식구들 충분히 잘 수 있겠어."

"난 여기 싫어!"

주디가 볼멘소리를 해댔다.

"왜? 캠프 온 것 같잖아!"

"집에 가고 싶어."

"거긴 이제 우리 집 아냐. 다신 거기 가지 마."

엄마의 표정이 단호했다.

"이젠 거길 가도 소용없어. 굴삭기가 벌써 집을 삼켰을걸."

휴대용 가스레인지 위에 노란 양은 냄비를 얹었다. 좀 전에 은행에서 가져온 물을 부어 끓였다. 저녁은 라면이었다. 가스가 다

떨어졌는지 가스 불이 가물거리며 물이 끓는 속도가 더뎠다. 엄마가 라면을 넣었지만 가스 불이 약해 쉽게 끓지 않았다. 주디가 배가 고프다고 재촉하자 엄마는 채 붇지도 않은 라면을 바닥에 놓았다. 나는 좋아하는 라면을 보면서도 그다지 식욕이 당기지 않았다. 오늘이 내 생일이라는 게 영 개운치 않았다.

"엄마, 오늘 무슨 날인지 알아?"

난 결국 안 해도 그만인 말을 하고 말았다.

"아, 지 새끼 낳은 날 모를까 봐? 생일인데 라면 줘서 화난 거야?"

"그냥…… 아는지 물어본 거야."

"솔직히 니 놈 귀 빠진 날인 건 맞지만 난 생일이 도통 이해가 안 된다. 고생은 내가 했는데 축하는 왜 네가 받아야 하냐. 생고생하고 낳은 엄마도 축하받으면 좀 안 될까?"

"한 번도 낳아달라고 안 했는데, 난 태어난 게 더 화나는 사람이야."

"그래, 그럼 쌤쌤하자. 내년엔 미역국 꼭 끓여 너도 먹고 나도 먹자. 해피버스데이 투 유."

엄마는 젓가락에 라면을 걸쳐 들고 내 젓가락에 맘대로 짱하고 부딪치며 '해피버스데이 투 유'를 흥얼거렸다. 엄마는 아빠가 죽은 뒤로 가족끼리 생일을 축하하는 것도 잊어버렸다. 가끔 그런 엄마가 서운해 이런 식으로 내 생일을 알렸다. 주디와 엄마는 라면 국물까지 싹싹 둘러 마시며 허기를 때웠다.

저녁을 먹은 후 엄마는 가방에서 아빠의 사진을 꺼내 마른 수건으로 반질반질 닦은 후 운전석 중앙 선반에 올려두었다. 5학년 운동회 때 함께 찍은 사진이다. 아빠가 내 옆에서 환하게 웃고 있었다. 아빠의 덧니가 유난히 도드라져 보였다. 난 아빠의 덧니를 닮지 않은 게 천만다행이라는 생각을 했다. 주디는 아빠의 덧니를 그대로 닮아 붕어빵 부녀라고 엄마가 놀려댔었다. 나는 아빠 사진 보는 걸 좋아하지 않는다. 뭔가 떠올린다는 건 그다지 유쾌한 일이 아니다. 때로는 그 기억 때문에 힘이 들어 의욕을 잃을 때가 많았다.

엄마는 살림살이를 정리한다며 옷가지와 책들을 바닥에 쏟아놓았다. 버스 손잡이 선반 위에 내 책과 주디의 책을 올려두었다.

"이것 봐, 아이디어 좋지?"

엄마는 칠이 벗겨진 노란색 버스 손잡이에 옷걸이들을 걸어두며 말했다. 내 교복과 파란 추리닝, 주디의 카디건도 함께 걸어두었다.

저녁 여덟 시가 넘어서자 밖은 온통 깜깜했다. 엄마는 손전등을 가지고 버스 안을 비추었다. 종점 공터는 불빛 하나 없이 어둠이 짙었다. 은행 건물도 불이 꺼져 어두웠다. 가로등이 없는 탓인지 공터는 으슥하기까지 했다. 내일부터 버스에서 학교로 통학할 생각을 하니 마음이 착 가라앉았다. 엄마가 엔진룸 앞자리에 작은 앉은뱅이 밥상을 놓았다.

"이건 너희들 책상으로 써. 상 위에 향초를 올려뒀어. 향초를 올려두니 굉장히 운치 있네. 공부하는 데는 어려움이 없을 거야. 꼭 캠핑카에 있는 것 같지 않니?"

"이런 고물 캠핑카가 세상에 어딨어?"

주디는 엄마의 말에 수긍할 수 없다는 표정이었다. 엄마는 향초를 굉장히 낭만적으로 바라보았다. 더구나 이 낡은 폐차를 캠핑카라는 낭만적인 단어로 포장을 했다. 그런다고 속아 넘어갈 우리가 아니었다. 〈세상에 이런 일이〉라는 프로그램에 나올 법한 상황이었다. 버스 안은 그야말로 초소형 가정집 행색이었다. 더구나 어느 틈엔가 사다 놓은 햇반과 고추장, 생수병, 라면 상자가 버스 출입문께로 자리를 잡고 있었다. 가끔 신문에 추위를 못 이겨 거리로 내몰린 사람들이 자녀와 함께 여관이나 공원 화장실에서 산다는 얘기는 들었어도 유기견들과 함께 폐차 버스에서 산다는 얘기는 들어본 적이 없었다. 그것도 유기견들 때문에 사람이 희생해야 한다는 엄마 같은 위인은 시청자들에게 동정도 받을 수 없는 상황이었다.

"언제까지 여기 있을 거야?"

책가방에 책을 넣으며 퉁명스럽게 엄마에게 물었다.

"언제까지라는 답은 없어. 개들과 함께 살 집이 생길 때까지."

"엄마는 정말 개들과 같이 살 집이 있다고 생각해?"

"왜 그렇게 비관적이야?"

"우릴 받아줄 집주인이 세상에 어디 있어! 이모도 우릴 거부했는데……."

"이모 얘긴 꺼내지도 마. 이몬 어려서부터 동물을 싫어했어. 냄새난다고 말야. 지는 뭐 깨끗한 줄 아나 봐. 같이 뒹굴다 보면 개 냄새나 사람 냄새나 다 거기서 거기야."

"엄마가 잠깐만 사는 거라고 했잖아."

주디가 울상을 지으며 짜증 섞인 투로 말했다.

"야! 진짜 너희 끝까지 이럴래? 엄마도 고민 안 한 줄 알아! 그러니까 제발 징징대지 마. 너희까지 이러면 엄마 손이 말 안 듣고 막 나가는 수가 있어!"

엄마는 반 협박으로 우리에게 침묵을 요구했다. 의사 선생님은 개들이 엄마의 우울증을 악화시키진 않을 거라고 말했다. 하지만 그건 착각이다. 엄마의 우울증은 나아졌는지 몰라도 나와 주디는 떠돌이 개들 때문에 머리가 돌 지경이다. 미쳐버릴 것 같은 사람은 바로 나였다. 만약 그 의사에게 나와 주디가 우울증 진료를 받는다면 이번에는 개가 아니라 악어를 키워보라고 할지도 모르겠다. 의사의 그 입에 이번에는 양말 대신 자갈을 가득 넣어버리고 말테다.

버스 바닥에 매트를 깔고 나란히 누웠다. 집에서처럼 편하지는 않았지만 그런대로 누워 있을 만했다. 계절이 5월이라는 상황에 감사할 뿐이었다.

"하늘이 보여!"

주디가 말했다.

"어디?"

"저어기."

주디가 가리킨 건 버스 천장 위로 뚫린 작은 통풍구였다. 통풍구 사이로 손수건만 한 하늘이 어둡게 보였다. 조각 하늘을 버스 안에서 본 건 처음이다. 주디는 두 눈을 말똥거리며 신기해하고 있었다.

"별도 보여!"

"여긴 어두워서 별이 보이는 거야."

"오빠, 버스에서 자는 게 신기해."

주디가 눈을 내리깔며 나지막이 말했다.

"그 기분도 오늘로 끝이야. 앞으로 스물네 시간 중 열다섯 시간을 이 좁은 버스에서 산다고 생각해봐. 끔찍해."

"그래도 깡패 아저씨들이 여기까지 찾아오진 않겠지?"

주디가 말하는 깡패 아저씨들이란 엄마의 사채 빚을 독촉하는 사람들을 말한다. 그들은 험악한 얼굴로 밤마다 집 앞에 찾아와 행패를 부렸다. 밤 열두 시만 되면 기다렸다는 듯이 어김없이 현관문 앞에 맥주병과 돌을 던졌다. 그럴 때면 개들이 미친 듯이 짖어댔고 엄마와 주디는 방에서 이불을 뒤집어쓰고 귀를 막았다. 엄마가 쓴 돈은 그리 큰돈이 아니었다. 엄마의 실직과 병원비가 반복이 되며 빌려 쓴 돈이 몇 달 사이에 이자가 밀려 눈덩이처럼 커지고 말았다. 엄마는 먼저 핸드폰을 없앴고, 낮에도 주변을 두리번거리며 살피는 습관까지 생겼다.

"걱정 마. 버스에서 사는 사람들은 아직 없거든. 아무리 우리 뒤를 추적해도 버스는 주소가 없어."

"정말 그럴까?"

주디는 미덥지 못하다는 표정으로 다시 되물었다.

"너 오빠 말 못 믿어?"

주디는 내 목소리에 힘이 들어가자, 앙다문 입술을 풀었다.

"크크크크 크으……."

갑자기 엄마의 코 고는 소리가 요란하게 들렸다. 엄마는 이사 때문에 지쳤는지 벌써 곯아떨어졌다. 코 고는 소리가 좁은 버스 안을 흔들었다. 엄마는 길 위에 사는 게 행복한 사람처럼 깊은 단잠에 빠졌다.

"오빠 개들은 이제 어떡하지?"

주디가 내게 속닥거렸다.

"유기견 보호소로 보내는 게 제일 좋지만 엄마가 가만있지 않을 걸."

"개들만 없다면 분명히 집을 구할 텐데. 그렇지 오빠?"

"당근이지. 개들하고 지내는 한 우린 집을 못 구해."

"만약 우리가 버스에 산다는 걸 친구들이 안다면 난 끝장이야. 학교에는 거지 가족이라고 소문 날 거고."

"우린 거지가 아냐. 모두 저 개새끼들 때문이잖아!"

"맞아. 저 개새끼들."

주디가 혀 짧은 소리로 말했다.

"그래도 개들이 좀 불쌍해. 우리가 부자라면 엄마 말대로 가족처럼 함께 살 수 있을 텐데. 외국 배우들 보면 많은 개들과 함께 살잖아. 엄마는 개 사료도 거지처럼 얻어먹였는데……."

"너 정말 거지 거지 그럴래!"

난 주디가 우리 가족을 거지로 생각하는 게 너무 싫어 소리를 질렀다.

"개들이 살 곳을 먼저 알아보자."

나는 무슨 수를 써서라도 개들을 내쫓을 궁리를 해야 할 것 같았다.

"어디?"

"입양 보내는 거야."

"우리가 직접?"

"그래."

"어떻게?"

"그건…… 그건 이제 생각해봐야지."

주디는 입양이란 말이 생소했는지 입을 다물었다. 개들을 직접 입양 보낸다는 생각은 한번도 해본 적이 없었다. 말이 입양이지 어딘가 떠맡길 곳을 찾아야 했다. 집도 없는 형편에 개들을 거둘 이유가 전혀 없었다. 그렇다고 엄마의 우울증이 더 이상 나빠질 것 같지도 않았다.

버스 천장 위에서 투득거리는 소리가 들렸다. 빗소리였다. 작은 통풍구를 통해 빗방울이 조금씩 차 안으로 새어 들어왔다. 비는 가늘게 한두 방울씩 툭툭 떨어졌다. 창밖을 내다보니 하늘에 달이 보이지 않았다. 좀 전에 희미하게 보이던 별도 사라졌다. 검은 구름만 짙게 깔렸다. 꼭 어두운 하늘에서 뭔가 툭 튀어나올 것 같은 분위기였다. 공터의 어둠이 버스를 집어삼킬 것같이 적막했다. 사람이 살지 않은 곳에 우리 가족이 유배 온 것 같아 옆에 있던 낡은 쿠션을 가슴에 안았다.

"주디야, 비 온다."

나는 작은 소리로 중얼거렸다. 주디는 이미 잠들었는지 말이 없다. 버스 생활이 첫날인데 벌써부터 두렵고 짜증이 났다. 언제까지라는 시간이 정해졌다면 이런 우울한 기분은 아닐 거다. 내 생일이 이렇게 끝나가고 있었다.

투두둑 투두둑 툭.

빗소리가 악기 소리처럼 더 자주 규칙적으로 들렸다. 저놈의 빗소리 때문에 마음이 더 심란했다. 그 소리가 어느새 아득하게 귀에서 멀어지고 있었다.

낡은 버스가 황금버스로 변해 있었다. 버스 안에는 값비싼 침대와 소파도 보였다. 샹들리에 조명등이 천장에서 은은하게 버스 안을 비추고 있었다. 소파에서 붙박이 텔레비전을 볼 수 있었고 화장실에는 비데까지 달린 변기도 갖춰져 있었다. 옷장과 화장대도 고급스러운 원목이었다. 버스 창은 붉은 커튼으로 아늑함을 느끼게 해주었다. 버스 벽에는 이름 모를 화가의 그림이 눈에 띄었다. 맘에 드는 건 침대가 세 개나 있어 우리 식구가 각자 선택해 잘 수 있다는 사실이었다. 주방 싱크대와 식탁에는 싱싱한 과일과 오븐에서 갓 꺼낸 따끈한 빵들이 접시에 먹음직스럽게 놓여 있었다. 나와 주디는 각자의 침대에서 팡팡 뛰었다. 새우도 즐거운지 꼬리를 흔들며 버스 안을 빙글빙글 돌았다. 누렇게 엉긴 털은 윤기가 좔좔 흐르는 털빛으로 바뀌었고 눈빛도 순했다. 다른 떠돌이 개들이 없는 쾌적한 버스였다. 창밖으로 녹음이 우거진 숲이 병풍처럼 보였다. 우거진 숲속에서 아빠가 황금버스 쪽으로 성큼성큼 걸어왔다. 아빠는 화상 자국이 없는 얼굴로 환하게 웃고 있었다. 아빠는 버스 안으로 들어와 운전대를 잡았다. 난 아빠의 운전석 옆자리에 앉았다. 아빠는 안전벨트를 채워주며 황금버스를 운전했다. 순식간에 빽빽한 숲 사이로 빠져나왔고 탁 트인 초원이 보였다. 버스가 숲을 빠져나오자 놀랍게도 도로가 아닌 하늘 위를 날았다. 창밖으로 아래를 내려다보니 숲 사이에 있던 공터가 호빵 크기만큼 보였다. 창밖으로 고개를 내밀며 소리를 질렀다. 황금버스는 구름 사이를 지나 더 푸른 하늘 위로 높이높이 올라갔다. 하늘의 도로는 뻥 뚫린 고속도로 같았다.

우르릉 꽝! 천둥 번개가 황금버스 천장 위로 내리쳤다. 푸른 하늘이 순식간에 어두운 먹구름으로 바뀌더니 불이 번쩍하면서 버스가 심하게 흔들렸다. 순간 버스 안이 어두워졌다.

"아……빠, 아빠!"

컹컹컹 개들이 소란스럽게 짖는 소리가 어슴푸레 들렸다. 나는 개 짖는 소리에 놀라 잠에서 깼다. 꿈이었다. 눈을 떠보니 노란 칠이 벗겨진 손잡이가 어둠 속에서 희미하게 보였다. 버스에서의 첫 꿈이다. 황금버스를 꿈에서 봤다는 게 신기했다. 진짜처럼 생생해 믿어지지 않았다. 엄마와 주디는 아직도 잠에 취해 있었다. 둘 다 깊은 잠에 빠진 걸 보니 꿈이 맞는 것 같았다. 새우도 버스 출입문 입구에서 다리를 쭉 뻗고 편안한 자세로 자고 있었다. 숨소리가 조금은 거칠었지만 깨어날 것 같지 않았다. 나는 조심스럽게 일어나 티셔츠를 갈아입고 버스 밖으로 나왔다. 아직은 어둑어둑했지만 도로엔 이미 차가 다니고 있었다.

우리가 원시인이야?

   버스에서 맞이하는 첫 등교 날이다. 월요일만 되면 뒷골이 묵직하면서 마음이 무거웠다. 나는 일찍 일어나 은행 화장실로 달려가서 세수를 하고 왔다. 만약 은행 화장실마저 멀었다면 세수도 못할 뻔했다.

   버스로 돌아오자 엄마는 손가방에서 물티슈를 꺼내 주디의 얼굴을 박박 문질렀다. 주디의 얼굴이 순간 발개졌다. 주디는 어릴 때부터 아토피를 앓고 있어 얼굴이 자주 뒤집어졌다. 물티슈를 댄 탓인지 주디의 얼굴이 붉으락푸르락했다.

   "화장실에 가서 씻으면 되는데?"

   "바쁜데 언제 거길 가니? 물티슈 있잖아. 이걸로 대충 닦아내면 눈곱은 뗄 수 있어."

엄마는 내게도 물티슈를 한 장 건넸다.

"난 벌써 세수했어. 엄마, 눈 있으면 주디 얼굴 좀 봐. 얼굴이 빨간 사과 같아."

"이러다 가라앉아. 빨간 얼굴이 눈곱 낀 눈보다 덜 추접스러워. 알아!"

엄마는 내 말에 귀도 기울이지 않고 주디의 얼굴을 여전히 물티슈로 닦아냈다. 주디의 얼굴을 다 닦은 엄마는 검정 비닐봉지에서 곰보빵을 꺼냈다. 엄마가 일찍 일어난 이유가 빵 봉지에 있었다. 엄마는 우유와 빵을 하나씩 우리에게 건넸다.

"오늘은 이거라도 먹고 가. 집 없다고 기죽지 말고. 집 없어도 다 살 수 있어."

"우리가 원시인이야 뭐야?"

난 부아가 나 엄마에게 쏘아붙였다.

"원시인? 이주노, 너 지금 나한테 반항하는 거냐!"

엄마는 기분이 상했는지 소리를 꽥 하고 질렀다.

"반항이 아니라, 의견이야."

"요즘 캠핑카가 대세인 거 몰라. 작은 트럭을 개조해 집으로 만들어 여행 다니는 게 얼마나 인기인데."

"아무리 대세라도 이런 폐차 버스는 아냐!"

나는 엄마가 터무니없는 말로 둘러대는 모습이 너무 싫어 짜증이 확 났다.

"아빠 없다고 지금 엄마 무시하는 거니?"

"또 그 얘기야! 툭하면 엄마 무시한다고 하는데 그건 엄마 자격지심이야."

"너 또 지금도 대들잖아."

엄마는 내가 말대꾸를 하면 꼭 이런 말로 날 기죽였다. 엄마가 내 입에 파수꾼을 세웠다. 엄마가 점점 이상하다고 느낀 건 얼마 전이었다. 노점상 아저씨의 확성기 소리가 시끄럽다며 다짜고짜 아저씨에게 달려가 시비를 걸었다. "당신 길에서 누구 허락받고 고성방가야! 지금 내가 얼마나 놀란지 당신 알아?" 이러면서 화를 내기 일쑤였다. 그뿐 아니다. 한번은 어금니에 통증이 있어 엄마와 함께 치과에 갔는데 느닷없이 진료를 받고 있는 내 손을 비틀며 밖으로 끌고 나간 적도 있었다. 이유는 치과가 바가지를 씌운다는 것이었다. 그 덕에 결국 내 이는 푹 썩어 들어가 진통제로 간신히 통증을 견디며 지내는 중이다. 엄마가 이렇게 종잡을 수 없이 변한 건 순전히 아빠 때문이지만, 아빠가 죽었다고 모든 엄마들이 다 그런 건 아니다. 그래서 난 힙합밴드의 노래들처럼 엄마의 말에 반항할 수밖에 없다. 가끔 엄마는 세상에 화가 나 있는 사람처럼 보였다. 이모는 엄마의 모습을 보면서 종종 이런 말을 했다.

"엄마는 세상에 화난 게 아니라 먼저 세상을 뜬 아빠한테 화가 난 거야."

그 말에 나는 어이가 없었다. 화를 내야 할 사람은 바로 나였다. 언제부턴가 엄마가 웃음을 잃어갔고 내가 감당할 수 없는 일들을 쉽게 저질렀다. 엄마로 인해 나는 어디로 가야 할지 갈팡질팡했고 매일매일 조바심이 생겼다. 집 안에서 벌어지는 일들을 의논할 마땅한 사람조차 없어 혼란스러웠다.

담임은 아침마다 책을 한 권 읽고 독후감을 쓰게 했다. 오늘이 바로 아침 독서장을 쓰는 날이다. 가까스로 자리에 앉아 가방을 부리나케 열었다. 그 안에는 독서할 책도, 독서장도 없었다. 이건 다 이사 탓이다. 무심한 엄마가 내 책들을 몽땅 컨테이너 박스로 휩쓸려 보낸 게 분명하다. 어제 버스에서 짐 정리를 하면서 독서장과 책을 본 기억이 없다. 담임은 지각은 용서해도 독후감을 쓰지 않은 건 결코 그냥 넘어가지 않는다. 담임은 유년 시절의 방황을 독서를 통해 극복할 수 있었다고 했다. 그래서 한 달 동안 열 권의 책을 읽어야 하고 노트 정리도 함께 되어 있어야만 했다.

책상 위에 수학 교과서를 펴놓았다. 운이 좋다면 오늘 검사를 안 할 수도 있다. 아주 가끔이지만 담임이 그냥 건너뛸 때가 있었다. 오늘이 그날이기를 간절한 마음으로 기도했다. 그때, 담임이 느릿

느릿 내게로 다가왔다. 그 순간 담임이 꼭 저승사자처럼 보였다.

"이주노, 너 청소 당번 아냐?"

버스로 이사한 충격 탓인지 내가 당번이라는 사실조차 까맣게 잊었다. 담임은 이미 내 상황을 다 알고 있는 듯한 표정이었다.

"이 시간에 수학책은 뭐고? 독서장은? 이주노! 지금 무슨 시간 인지 까먹었냐?"

난 할 말이 없어 입을 꾹 다물었다.

"노트 꺼내봐."

"노트 없는데요."

나는 모기만 한 소리로 말했다.

"이 녀석 봐라. 정신을 어디다 팔고 다녀! 지각도 모자라 독서장 까지 빼먹어? 지난 시간에 분명히 당부까지 했는데 잊었다는 건 네 기억의 문제이거나 불성실한 태도의 문제지. 아님 집에 변고가 생겼든가."

담임의 목소리 톤이 점점 높아졌다. 저 이사 갔거든요! 하고 외 치고 싶었다. 도저히 이 거지 같은 상황을 설명할 길이 없었다. 난 이런 속내를 참으며 그냥 꾹 입을 다물었다. 담임은 아무 변명도 안 하는 내게 화가 난 듯 얼굴 표정이 일그러졌다.

"짜식 봐라? 뭐야, 변명이라도 해봐."

난 목구멍에서 스프링같이 튀어나올 것만 같은 말들을 꾹꾹 눌렀다.

"건방지게 입까지 다물고. 넌 벌점 2점 추가, 오늘 지각 1점에, 도합 25점이다. 벌점이 30점이면 엄마 모셔 오는 거 알지? 5주 동안 인성 교육도 추가할 거다."

벌점이 마일리지 카드처럼 불어나고 있었다. 생활기록부에 벌점이 기록되는 상황이었다. 내 벌점에는 각각의 사연이 구질구질하게 매달려 있지만 담임에게 통하지 않는 사연들뿐이었다. 생활기록부에 기록이 남는 건 두렵지 않지만 봉사활동과 엄마를 모셔 와야 하는 번거로움이 너무 귀찮았다. 차라리 담임이 체벌을 준다면 얼마든지 맞아줄 수 있었다.

엄마는 개 수집가

"주노야, 담배 못 봤니? 분명히 여기에 둔 것 같은데……."

"내가 담배 지킴이야? 몰라."

난 퉁명스럽게 말했다.

엄마는 가방이랑 이불, 베개 속까지 뒤져가며 구석구석 담배를 찾았다.

"진짜 못 봤어? 너 혹시?"

"그 눈빛은 뭐야? 내가 피기라도 했단 말야?"

"진짜 아니지?"

"모른다니까!"

나는 신경질적으로 소리를 질렀다.

"너 왜 그래? 싹퉁머리 없이."

"아들한테 담배 타령하니까 그렇지."

"가슴이 답답해서 그래. 이거라도 피워야 살 것 같아."

"다른 취미도 있잖아. 건강에 나쁜 걸 굳이 해야 돼? 다른 엄마들처럼 밖에 나가 친구들이나 만나."

"재미없어. 기운도 없고. 이 꼬라지하고 나가면 친구들이 비웃어."

엄마가 기운 없이 말했다. 엄마는 담배 찾는 걸 포기하지 않고 쌓아놓은 짐 보퉁이 사이사이에 손을 넣어 헤집었다.

"찾았다!"

잠시 후 꼬불쳐놓은 담배를 찾았다는 안도감에 엄마의 눈이 반짝거렸다. 엄마는 눈을 가느다랗게 뜨고 담배에 라이터 불을 붙였다. 화르르하며 담배에서 빨간 불꽃이 타올랐다.

"그래도 우울할 때 이만한 게 없어."

엄마는 담배를 입에 댄 후에야 편안한 얼굴이 되었다. 희뿌연 담배 연기가 훅하고 좁은 버스 안으로 퍼졌다.

"주노야, 엄마 도너츠 잘 만들지? 다른 묘기도 함 볼래?"

"에이씨, 담배 연기가 얼마나 나쁜데 아들한테 뿜어대! 나가서 피워!"

"담배 연기보다 더 나쁜 게 스트레스야! 알아?"

"그럼 흡연실 만들어서 엄마 혼자 피든가 해! 여긴 금연 구역이란 말이야."

"엄마 우울증이잖아. 네가 이해해야지."

"담배 왜 피우는 거야?"

"너 진짜 이유 알고 싶어? 엄마가 담배를 피우는 지인짜 이유는 외로워서그래."

엄마의 허스키한 목소리가 쇳소리처럼 들렸다.

"담배 피면 외로움이 없어져?"

"야! 이주노, 다 알려고 하지 마. 다쳐!"

엄마는 씩 웃으며 말했다.

"약 먹었어?"

"아니, 약 먹으면 기분 좋아져야 하는데 그렇지가 않아. 그래서 개수대에 뱉었어."

"엄만 우울증 아니야. 그러니까 나한테 우울증이니 뭐니 협박하지 마."

엄마는 내 금연 요구에도 아랑곳 않고 담배를 연신 피워댔다. 담배 연기가 도넛처럼 두둥실 버스 구석구석을 떠다녔다. 입고 있던 교복을 벗어 운전석 쪽에 있는 손잡이에 걸었다.

엄마는 원래 상냥하고 웃음이 많은 사람이었다. 그런 엄마가 아빠의 죽음 이후 웃음이 사라지고 말았다. 때로는 불같이 화를 내다가 다시 울음을 터뜨리기도 했다. 엄마가 담배를 입에 댄 것도 아빠의 죽음과 무관해 보이지 않는다. 엄마는 일을 그만둔 후 종일 잠을 자거나 아니면 담배를 태우거나, 둘 중 하나가 어느새 일과가 되어버렸다. 무기력하기만 했던 엄마를 움직이게 한 건 바로 저 개들이었다.

누군가가 버스 쪽으로 걸어왔다. 오십 대로 군청색 제복을 입은 모습이 낯설지 않았다. 그는 공터 옆 은행 건물에 근무하는 경비 아저씨였다. 아저씨가 버스 문을 탕탕 내리쳤다. 엄마는 담배를 창틀에 비벼 끄고 얼른 밖으로 나갔다.

"이봐요! 저 개들 다 뭐요?"

"보면 몰라요? 개가 갠 거지."

엄마는 퉁명스럽게 말을 받았다.

"저 많은 개들이 당신 거유?"

"그게 뭐 잘못됐나요?"

"당장 저 개들부터 치워요."

경비 아저씨는 인상을 구기며 핀잔스럽게 소리를 질렀다.

"치우라뇨?"

"당신 눈 있으면 똑똑히 봐요! 저 공터 옆에 은행 보이죠. 하루 종일 개들이 짖어대는 통에 업무를 볼 수 없다구!"

"당신 땅도 아닌데 왜 참견이에요! 여긴 엄연히 주인이 있는 땅인데 당신이 나가라 말라 할 입장이 아니잖아요. 땅 주인이라면 모르지만……."

엄마는 한 치의 양보도 없이 경비 아저씨에게 대들었다.

"개 짖는 소리 듣기 싫으면 이사 가면 될 거 아니에요!"

엄마는 지금 은행더러 이사를 가란다. 간 큰 엄마의 말도 안 되는 소리다. 한바탕 우격다짐을 하는 엄마를 말리고 싶었지만 내가 끼어들 틈이 없었다. 떠나야 할 사람은 우리 가족인데 엄마가 되레 큰소리를 쳤다. 나는 저런 엄마의 태도가 못마땅했다. 아저씨와 엄마는 점점 언성이 높아졌다.

"내 참 별꼴을 다 보네. 이런 상가 주변에 저런 떠돌이 개들이라니. 분명 땅 주인이 찾아올 테니 그때 가서 딴 말 없기요. 꼭 명심해요."

경비 아저씨는 엄마에게 두 손 들었다는 표정이었다. 엄마는 사람들과 싸우는 게 지겹지 않은 사람이다. 엄마는 이 세상 사람들이 쓸데없이 남의 일에 참견을 많이 한다고 했다. 난 엄마에게 이제 그만 좀 싸우라고 여러 번 하소연을 했지만 그때뿐이었다.

엄마가 떠돌이 개들을 수집한 건 삼 년 전 겨울이었다. 엄마는 동네 근처에 있는 재래시장을 즐겨 다녔다. 마트가 가까이 있는데도 엄마는 꼭 세 정거장이나 떨어져 있는 재래시장까지 장을 보러 가곤 했다. 그해 겨울은 백 년 만에 오는 추위로 모든 게 얼어붙었다. 거리엔 가끔 고양이 시체가 얼어 사람 발에 채일 때가 종종 있었다. 죽은 고양이를 발견할 때면 아는 척도 하지 않고 발길을 재촉했다.

엄마가 시장에서 데려온 개는 크림색 몰티즈였다. 입 주변의 털은 검은 재투성이 색깔에 엉겨 있었다. 말이 애완견이지 떠돌이 개가 된 지 오래되어 원래의 털 색깔을 알 수 없었다. 엄마가 개를 발견한 건 골목길에서였다. 얼어붙은 쓰레기를 뒤지며 벌벌 떨고 있는 개를 보자 주디에게 주려고 샀던 새우깡 봉지를 꺼냈고 개에게 과자를 던져주었다. 새우깡을 먹은 개는 줄레줄레 엄마를 따라 집까지 왔다. 엄마는 새우깡 때문에 따라온 개를 결국 집 안까지 끌어들였다. 신기한 건 사람한테는 늘 성내는 엄마인데 개에게는 화를 내지도, 내쫓지도 않았다. 엄마를 따라온 개를 보자 주디는 못마땅하다는 표정을 지었다.

"이 개 뭐야? 너무 더러워."

"겨울 내내 밖으로 돌아서그래. 목욕시켜 주면 깨끗해져."

"눈곱이 엉겨서 떨어질 것 같지 않아. 털은 엉겨서 빗을 수도 없어."

"걱정하지 마. 목욕 좀 시키고 엉긴 털 좀 잘라내면 꼴이 날 거야."

나 역시 그 개꼴을 보고 그만 성질을 내고 말았다.

"이주노, 새우 눈으로 그만 째리고 목욕이나 도와. 의사 선생님이 개 키우는 게 좋다고 했지?"

"언제부터 엄마가 의사 말 들었어?"

"너, 꼬박꼬박 엄마한테 말대꾸할래!"

엄마는 개를 목욕탕으로 밀어 넣었다.

"에휴, 얼마나 싸다녔으면 이렇게 더께가 졌냐. 불쌍하기도 하지."

엄마는 샤워기를 꺼내 개에게 마구 뿌려댔다. 개는 물이 싫은지 자꾸 뒷걸음질을 치며 바둥거렸다. 엄마는 개를 욕실 구석으로 몰아 비누질을 하며 엉겨 있는 털을 씻어내느라 애를 먹었다. 게으르고 무기력했던 엄마의 손길이 능숙하진 않지만 개를 씻긴다는 게 신기했다.

험악하던 개의 몰골은 목욕 후에 한결 깨끗해졌다. 다갈색 눈 밑에 엉겨 붙은 눈물 자국도 어느새 사라졌다. 엄마는 헤어드라이어로 털을 말렸다. 털이 마를 즈음 이번에는 가위를 들고 엉긴 털들을 듬성듬성 잘라냈다.

"어때? 애완견 꼴이 좀 나지? 이 녀석이 얼마나 날 따르는지……."

엄마는 개를 보며 환하게 웃었다. 엄마가 해맑게 웃는 모습을 오랜만에 본 것 같았다.

"그건 엄마 착각이야. 엄마 때문이 아니라 새우깡이 먹고 싶어서 따라온 거라구."

"그런 건 하나도 중요하지 않네요. 보자, 울 강아지 이제 이름을 지어야지. 뭐라고 부를까? 그래 새우깡 때문에 쫓아왔으니까 오늘부터 넌 새우다."

엄마는 이름을 즉석에서 저렴하게도 새우라고 지었다.

"강아지 이름이 새우가 뭐야?"

주디가 엄마에게 이렇게 되물었다.

"아무렴 어때. 근데 이 녀석 왜 집 나와 고생일까? 너 쫓겨났니? 아님 가출했니? 이렇게 예쁜 새우를 잃어버린 주인은 얼마나 애가 탈까?"

"엄마, 이 개는 버려진 거야. 척 보면 몰라?"

"지랄하네. 이놈아, 네가 어떻게 알아?"

"개 눈을 보면 알아. 눈빛이 사람을 경계하잖아."

나는 보이는 대로 말했다.

"정말 주인이 버렸을까? 이렇게 예쁜 똥강아지를 그냥 꽉꽉 깨물어주고 싶네."

엄마는 새우를 품에 안고 어쩔 줄을 몰라 했다.

"더러운 강아지를 안고 있으니까 개 엄마가 따로 없네."

"네 놈이 아무리 그래도 소용없어. 인마, 너 약 올라서 그러는 거 뻔히 알아."

엄마는 새우깡 때문에 집까지 졸졸 따라온 노숙견 한 마리에 감동했다. 그런 철딱서니 없는 엄마를 보자니 어이가 없었다. 그날 이후 새우는 우리 집 1호 유기견이 되었다.

처음에 새우에게 다가가는 일은 쉽지 않았다. 더구나 새우는 애완견다운 면이 별로 없었다. 애완견들의 특징처럼 털이 부드럽거나 외모가 예쁘지도 않았다. 그저 잡종처럼 보였다. 밖에서 고생을 많이 한 탓인지 험상궂어 보였고 사료를 줄 때 빼고는 곁을 주지 않는 붙임성 없는 개였다.

"엄마, 새우 너무 이상해. 개들은 주인한테 충성하면 배를 드러낸다는데 새우는 배는커녕 손도 못 대게 해."

"재도 사람처럼 낯가리는 거야. 주인한테 버림받았는데 얼마나 무섭겠니? 미워만 하지 말고 조금씩 새우한테 정 좀 줘봐."

새우 눈을 다시 보았으나 여전히 두려움에 가득 찬 눈빛이었다. 새우의 몸에 이상이 있다는 건 몇 주 지나지 않아서 알게 되었다. 새우는 움직임이 둔한 개였지만 유난히 쌕쌕거리는 소리를 자주 냈다. 추운 날씨에 방치된 탓이라 여겼지만 숨소리가 유난히 거칠고 컸다. 새우의 쌕쌕거리는 숨소리에 신경이 거슬렸다.

"진짜 싫다, 저놈의 개소리."

나는 새우의 가쁜 숨소리를 들을 때마다 새우를 향해 욕지거리를 날렸다.

엄마의 개 수집은 새우로 멈추지 않았다. 그 후에도 떠돌이 개들을 하나둘 집으로 끌고 왔다. 개들만 데려온 게 아니라 길고양이들까지 집 안으로 끌어들였다.

"진짜 우리 집이 무슨 동물의 왕국이라도 돼?"

"주노야, 이 겨울만 참아. 엄동설한 지나면 어디든 보낼게."

엄마는 이런 식으로 내 불만을 잠재웠지만 어느새 우리 집은 열일곱 마리의 개와 다섯 마리의 고양이 차지가 되고 말았다. 한마디로 임시 보호소라고나 할까. 가끔은 개집에 우리가 얹혀사는 것처럼 착각이 들 때가 있었다. 두 개의 방과 거실은 어느새 비좁은 사육장이 되고 말았다. 결국 나와 주디는 개들 사이에 끼여 잠을 자야 했다. 청결해야 할 목욕탕은 개똥 천지가 되었고 집안 공기는 개 비린내로 가득했다. 문제는 냄새만이 아니었다. 여름에는 온갖 벌레들까지 꼬였다. 나 또한 개들 때문에 지장을 많이 받았다. 마음먹고 숙제라도 하려면 밥 달라고 두드리고, 쉬한다고 짖어대고, 외롭다고 아는 척하고 진짜 귀찮아 죽을 지경이었다.

누군가 먼저 짖기 시작하면 다른 개들이 떼를 지어 짖는 통에 점점 신경이 날카로워졌다. 개들이 하나둘 늘어가는 동안 의욕만 앞섰던 엄마의 체력도 점점 한계를 드러냈다. 그러다 보니 시간이 갈수록 개들을 관리하는 일에 소홀할 수밖에 없었다.

"엄마, 쟤네들 목욕 좀 시켜!"

"애완견들은 목욕 자주 안 해도 돼."

엄마는 이런 말로 목욕을 피했다. 나는 엄마가 대책없이 우리 집을 개집으로 만드는 게 불만이었다. 하루만 청소기를 돌리지 않으면 개털이 털실처럼 뭉쳐 집 안 구석구석을 뒹굴었다. 엄마는 집 안에 날리는 개털들을 보며 이렇게 말하기도 했다.

"주노야, 저 개털 뭉치로 축구해도 되겠다. 그지?"

엄마는 그런 농담을 하며 깔깔거렸다. 사실 엄마가 개들을 데려온 후 간간히 웃는 일이 많아졌다. 그런 엄마와는 달리 나는 속이 부글거렸다. 새우마저도 어느샌가 내 옆에 찰싹 달라붙어 사람과 개의 경계가 무너지고 있었다. 새우가 내 발밑에 기어들어와 자는 게 귀찮아 발로 몇 번이나 툭툭 쳐서 내쫓곤 했지만 소용이 없었다. 개들이 늘어나는 통에 집안일이 자꾸 내 차지가 되었다.

"주노야! 똥 치워!"

엄마는 개똥을 치우라며 하루에도 수없이 내 이름을 불러댔다. 나는 똥 치우기 위해 태어난 사람처럼 개똥과 씨름하며 하루를 보냈다. 생각보다 개똥 치우는 일과 개밥 주는 일에 시간이 많이 들었다. 그럼에도 불구하고 개들을 거리로 보낼 생각은 하지 않았다. 더구나 어디서 주워 왔는지 줄 끊어진 기타를 어깨에 메고 종일 개들 사이에서 띵띵거렸다.

"그 고물 기타 좀 갖다 버려!"

"야, 줄 끊어진 기타는 기타 아니냐? 엄만 예전부터 이런 기타 갖고 싶었어. 기타 치면서 노래 부르는 거 보면 얼마나 부러웠는지 알아!"

엄마는 기타도 칠 줄 모르면서 열심히 가수 흉내를 냈다. 더구나 개들을 모아놓고 작은 음악회를 한답시고 알 수 없는 음을 딩딩거리는가 하면 촌스러운 옛 노래들을 불러댔다. 그러다가 갑자기 노래에 취해 눈물을 질질 짜기도 했고, 급기야 기타를 부둥켜안고 흐느끼기도 했다. 나는 엄마의 종잡을 수 없는 감정을 견디기 버거울 땐 집을 나와 거리를 배회하곤 했다.

세상에 죽으라는 법은 없었다. 언제나 부족한 사료 때문에 하루에 한 번만 배식을 했다. 이런 사정을 누군가 엿보기나 한 듯 우리 집을 애완견 프로그램에 추천을 했다. 엄마는 개들과 함께 출연을 했고, 그 덕에 사료회사에서 지원을 받을 수 있었다. 방송은 엄마를 '개 천사 아줌마'로 거듭나게 했다. 결과적으로 우리 가족에게는 방송 출연이 오히려 독이 되고 말았다. 주변 사람들은 버려진 개들을 엄마에게 데려와 키워달라고 조르기까지 했다. 또 어떤 사람은 우리 집 현관 앞에 병든 개를 슬그머니 놓고 갔다. 그래서 엄마는 '개 사절'이라는 단어를 종이에 써 붙이기도 했다. 그뿐 아니라 한꺼번에 짖어대는 개들 때문에 이웃 주민들이 구청에 민원을 끊임없이 넣었다.

언젠가 현관문을 사납게 두드리는 사람이 있어 열어보니 건너편에 사는 할아버지가 굳은 표정으로 문 앞에 서 있었다. 할아버지는 엄마를 보자마자 성난 목소리로 소리부터 질렀다. 할아버지는 아파트 경비원이었다. 밤새 아파트 경비를 서고 오는 날이면 잠을 청해야 하는데 개들이 짖어대는 통에 잠을 못 잔다고 항의를 했다.

"여긴 불쌍한 유기견들이 모여 사는 집이에요. 이걸 좀 보세요."

엄마는 방송 작가 언니들이 찍어준 기념사진을 할아버지의 코 앞에 들이밀었다.

"이거 홀딱 깨는 아짐씨네. 내가 지금 아짐씨 강아지 새끼들 보러 왔는지 아쇼?"

"아저씨가 이러시면 시청자들이 진짜 가만있지 않을 걸요?"

할아버지는 기가 차다는 듯 엄마를 뚫어져라 바라보며 받아쳤다.

"개가 고로코롬 사람보다 더 중하면 이사를 가시오. 이런 동네는 개 키우기에 적당하지 않은께로. 이 동네가 무신 떠돌이 개들 보육 원도 아니고, 당신 하나 땜시 불면증까지 생겨부렀당께. 더구나 이 제 여름이 올틴디 워쩔 거요? 저 개들이 시방 피우는 오물 냄새 허며, 모기들 들끓을 것 생각하면 끔찍시러 생각도 허기 싫당께."

할아버지는 조용했던 동네 꼴이 시끄러워졌다며 이사를 가라고 노골적으로 요구했다.

"누구한테 이사를 가라 말라예요? 아저씨가 이 골목에 법이라 도 정해줬어요?"

"이 아짐씨가 나이를 똥구멍으로 처먹은겨?"

할아버지는 기가 차다는 듯 얼굴이 점점 파랗게 질려갔다. 엄마는 야무지게 조목조목 지지 않고 하나하나 따졌다. 이럴 때 보면 엄마는 우울증 환자 같지 않았다. 오히려 '딱 걸렸어 너'라는 식으로 바락바락 악을 쓰며 대들었다. 결국 할아버지는 엄마의 악다구니에 질린 탓인지 슬그머니 자리를 피했다. 그 덕에 이웃들이 엄마에게 쌈닭이라는 별명을 붙였다. 하지만 엄마는 동네 사람들과 한바탕 싸움이 끝난 후에는 지친 탓인지 방에 들어가 꼼짝하지 않고 누워 지냈다.

난 그런 엄마를 보면서 마음이 괴로웠다. 골목길을 걸어 다니다 이웃을 만날까 두렵기까지 했다. 개들을 유기견 보호소에 보내자는 설득을 해봤으나 엄마는 꿈쩍도 안 했다. 오히려 개들이 싫으면 네 놈이 나가라는 식이었다. 이놈의 집구석을 빨리 벗어나고 싶지만 지금은 때가 아닌 것 같다. 이대로 가만있을 수 없어 일단 인터넷 애견 분양 직거래 사이트에 들어가 가입을 했다. 그곳에서 나는 '신선한 개 껌'이란 아이디로 활동을 했다. 이 많은 개들에게 주인을 찾아주는 방법을 나름대로 생각했다. '애완견을 버리는 완벽한 방법'이란 제목으로 글을 올리기도 했다. 회원들에게 관심을 끌기 위한 방법이었다.

1. 일단 아파트는 개를 버리기에 적당치 않다. 층간 소음 때문에 주

인이 개 키우기를 망설일 게 분명하다.

2. 애가 하나인 집을 고른다. 애가 많은 집은 개새끼도 일이라고 피할 게 분명하다. 외동아이는 애완견에 대해 호의적이다.

3. 농가 주택을 고른다. 시골에는 집 지키는 개 한 마리 정도는 늘 키운다. 대문에 개를 묶어두고 개 주인이 애완견을 확실하게 포기했다는 생각을 편지에 적어둔다.

4. 개를 버릴 때는 예의를 갖추어야 한다. 개에 대한 출생과 주인의 애틋한 사연을 적어 스토리를 만들어준다. 얼마나 사랑받는 귀한 개였으며 개인 사정상 정말 키울 수 없는 이유를 구구절절 적어둔다.

5. 미용에 확실히 신경을 써준다. 애완견은 외모가 생명이다. 머리에 핀도 꽂아주고 예쁜 옷도 입혀서 누구든 훔쳐가고 싶을 정도로 외모를 가꾼다. 이왕 버리더라도 최선을 다해 꾸며주자.

6. 외로움을 많이 타는 독거노인이나 우울증 환자, 도둑에 대한 강박증 환자나, 혼자 사는 중년 남자 등이 사는 집에 버린다.

7. 애완견 카페에 무료 분양 게시판을 이용한다. 큰 기대를 할 건 아니지만 가끔은 개를 특별히 좋아하는 사람도 있다.

이런 글이 올라가자 몇 십 개의 댓글이 달렸다.

ㅡ새끼 때는 예쁘다고 키우더니 다 크니까 버리겠다는 개빠들...

─개들 사진 좀 올려주세요.

─유기견 델꼬 왔는데 집 나갔어요. 혹시 거기 없나요?

─누가 요즘 유기견 키워요? 울 동네 떠돌이 개들 천국 zz

─지금 분양하려는 거임, 아님 버리려는 거임? 자삭 ㄱㄱ

─와우! 연구 많이 하셨넹. 혼자 계신 분들 델꼬 가삼.

─제가 돈 받고 입양하면 안 될까요?

이런 글들은 수없이 올라왔지만 정작 성견이 된 유기견을 분양 받겠다고 적극적으로 나서는 사람은 없었다. 애완견 사진을 올리지 못한 사정도 있었다. 애완견들을 예쁘게 꾸밀 자신이 없었다. 요즘은 애완견의 외모도 경쟁력이라 꾸며주어야 입양에 유리하다. 결과적으로 애완견 온라인 분양은 실패로 끝이 났다.

학교에서 돌아오는 길에 사거리에 위치한 수 동물 병원이 눈에 띄었다. 동물 병원 원장은 언제나 인라인 스케이트를 타고 출퇴근을 했다. 그 모습이 인상적이라 얼굴이 눈에 익었다. 하굣길에 병원 앞을 지나는데 문득 새우가 생각났다. 새우가 무슨 병에 걸렸는지 궁금했다.

수 동물 병원 원장이 퇴근 준비를 하는지 인라인 스케이트로 갈아 신는 모습이 유리문 밖으로 보였다. 나는 용기를 내어 유리문 안으로 들어가 말을 걸었다.

"저어…… 선생님, 저희 집 개가 숨소리가 거칠고 기침을 자주 하는데 무슨 병인지 아세요?"

나는 망설이던 끝에 겨우 말을 꺼냈다. 원장은 나와 눈도 마주치지 않고 신발 끈을 계속 맸다.

"아마도 그 개는 십중팔구 심장병일 게다."

"심장병요?"

"그래 검사해봐야 알겠지만 헐떡이는 숨소리가 자주 일어나면 심장병이 확실해."

"고칠 수는 있나요?"

"개가 심장병에 걸렸다는 건 혈관에 문제가 생긴 거야. 그런 증상이 꽤 오래됐을 텐데 왜 이제 왔니?"

원장은 개를 방치한 책임이 내게 있다는 듯이 되물었다. 난 아무 말도 못했다.

"상태가 그 정도면 심각해. 수술로도 어렵지. 대신 요즘에는 수명을 연장할 수 있는 약이 많아."

"약이요?"

"죽을 때까지 약 먹이면 수명 연장이 돼. 약값이 좀 비싼 게 흠이지만. 의료보험이 안 된다는 게 문제지. 개도 돈 있는 주인을 만나면 오래살 수 있어. 요즘 약이 좋아. 개 수명도 많이 늘었거든."

원장은 인라인 스케이트를 다 신은 후 허리를 펴고 그제야 내 얼굴을 똑바로 보았다.

"지금 문 닫아야 되거든. 지금이라도 개를 데려오지 그러니."

원장은 내 얼굴을 보고 상냥하게 말했다. 쌕쌕거리는 소리가 듣기 싫어 백 번이고 데려오고 싶지만 치료비가 비싸다는 말에 선뜻 그러겠다고 할 수 없었다. 원장은 헬멧을 쓰고 난 후 나를 다시 한 번 쳐다보았다.

"우리 아들도 너랑 같은 중학교에 다니는데 너 몇 학년이니?

원장이 내 교복을 유심히 본 이유가 따로 있었다.

"2학년이요."

"우리 아들하고 같은 학년이네. 너 혹시 호영이라고 아니?"

"아…… 아뇨. 몰라요."

사실 나는 호영이를 알고 있었지만 시치미를 뗐다.

"그래, 난 또 아들 친구 아닌가 해서, 나중에 강아지 꼭 데려오렴."

원장은 내 어깨를 툭 치더니 쏜살같이 인라인 스케이트를 타고 사라졌다.

2학년 반장 선거 하는 날, 호영이란 이름을 처음 듣게 됐다. 닉네임으로 '애견 사랑 호영이'라는 이름을 연호하며 자신감 있는 태도로 연설을 한 기억이 있다. 난 그날 호영이를 뽑지 않았다. 호영이가 탐탁지 않았던 이유는 지나친 자신감이 맘에 들지 않았기 때문이다. 하지만 결과는 예상 밖이었다. 호영이는 무슨 마력이나 있는 듯 우리 반 애들의 표를 끌어 모아 반장이 되었다. 나에게 호영이는 눈에 보이지 않는 높다란 장벽에 둘러싸인 사람 같았다. 그래서 내게는 반장 이상도 이하도 아니었다.

동물 병원 원장을 만나고 온 후 엄마에게 새우의 상태에 대해 말해줬다.

"정말? 그래서 주인이 버렸구나. 불쌍한 것."

엄마는 새우의 머리를 쓰다듬더니 이내 눈시울을 붉혔다. 엄마는 조금이라도 나쁜 소식을 들으면 곧잘 눈물을 흘리곤 했었다.

"그렇게 가슴 아프면 엄마가 새우를 병원에 데려가 보든가."

난 퉁명스럽게 말했다.

"당장 그러고 싶어. 하지만 너도 알다시피 우리 상황 알잖니? 병원에 가면 검사비랑 약값이랑 감당 안 되잖아. 개들은 보험도 안 된다던데……."

"그럼 저대로 죽어가게 놔둬. 그래도 추운 거리에서 떨다 죽지는 않잖아. 지금 우리에게 동정은 사치야!"

엄마가 우리 집 형편을 들먹거리자 나는 알레르기 반응을 일으키듯 쏘아붙였다. 엄마의 행동과 상황이 점점 어긋나고 있는 게 화가 났다.

"너 왜 그렇게 냉정해! 병을 알고도 못 고쳐주는 맘이 어떤지 알아? 누굴 닮아 독한 건지."

"아빠 닮아서 그런가 봐."

"네 아빠 독한 사람 아니었어."

"독한 사람 아니면 왜 그렇게 빨리 죽어! 뭔가 잘못했으니까 빨리 데려갔겠지."

"네가 아빠에 대해 뭘 알아? 세상에 법 없이도 살 사람인데. 이주노, 너 참 못됐다."

난 일부러 못된 사람처럼 굴었다. 난 아빠가 그렇게 허무하게 죽은 게 화가 나서 그냥 아빠 닮았다고 한 거였다. 분명한 건 아빠는 독한 사람이 아니라는 사실이다.

죽일 놈의 학교

"이주노!"

복도에서 담임과 스치듯이 지나쳤는데 느닷없이 담임이 내 이름을 불렀다.

"왜 너한테 담배 냄새가 나지?"

"담배요? 저 담배 안 피는데요."

나는 조심스럽게 말했다.

"내 코가 개코다 이놈아, 누굴 속여!"

담임은 아예 작심한 듯 단정적으로 말했다. 담임은 내 말을 믿을 수 없다는 눈초리로 기어이 내 교복 호주머니를 뒤졌다.

"이건 담배가 아니고 이쑤시개냐!

담임의 손에 들린 건 담배가 분명했다.

"그……그건 제게 아닌데요."

"지랄을 한다. 너 소설 쓰냐. 누가 이런 새 담배를 길바닥에 질 질 흘리냐. 너 같으면 믿어줄 것 같아?"

제발 믿어라 믿어! 난 속으로 이렇게 소리 질렀다.

"너지?"

"아뇨."

"내 눈 똑똑히 보고 말해봐. 너 언제부터 담배 피웠어?"

"태어날 때부터 안 피웠어요."

이번에는 담임의 눈을 똑바로 보고 대답했다.

"눈 깔아라. 짜식이 장난하냐? 너 커서 뭐 되려고 머리에 피도 안 마른 새끼가 담배질이야. 이주노, 이제 벌점 30점에 엄마 호출이다. 알아?"

담임은 내 뒤통수를 여러 번 손으로 툭툭 쳤다. 담임은 편견 덩어리다. 추리 한번 해보지 않고 단숨에 주머니 속 담배는 내 담배가 되고 말았다. 사실 그 담배는 엄마의 담배다. 엄마가 담배를 피울 때마다 슬쩍슬쩍 한두 개비씩 숨겨놓는다는 게 그만 교복 주머니에 넣었고, 버린다는 걸 깜박했다.

"엄마, 학교에서 호출이야."

"너 또 사고 쳤냐?"

"……."

엄마의 볼멘 목소리가 오늘따라 피곤하게 들렸다.

"너 왜 그래. 집 없다고 방황하는 거야?"

엄마의 짐작은 엉뚱한 방향으로 튀었다.

"그럼 뭐야? 엄마까지 호출 받아 학교 갈 일이 뭐가 있어. 너도 알다시피 엄마는 문제아 뒤치다꺼리할 힘은 없어."

문제아란 말에 머리로 피가 확 쏠렸다. 이게 다 누구 탓인가 싶어 나도 모르게 버스 바닥을 주먹으로 내리쳤다.

"아이씨!"

꽝 하는 소리가 바닥을 울렸다. 주먹이 따끔따끔했다. 얼얼한 열감이 순간 손등으로 올라왔다. 주먹이 아파야 하는데 이상하게 가슴이 뻐근했다.

"그놈의 담배 때문에……."

나도 모르게 혼잣말을 했다.

"담배? 담배라니? 너 담배 피워?"

"내가 담배 피울 거 같아?"

"아님 다행이고."

엄마는 순간 안도하는 표정이었다.

"엄마 거였어."

"엄마 거? 그걸 왜?"

"그냥 엄마가 담배 피는 거 싫어서 숨겼어."

엄마가 나를 빤히 바라보았다. 엄마의 푹 꺼진 눈꺼풀이 힘겹게 깜빡였다. 엄마는 피우던 담배를 창틀에다 꾹꾹 눌러 비벼 껐다.

"나도 이놈의 징글징글한 담배 끊고 싶어. 근데도 그게 맘대로 안 돼. 변명 같지만……."

엄마가 낮은 목소리로 말했다. 난 그 뒤에 이어 나올 말이 듣기 싫어 버스 출입문을 열고 밖으로 나왔다. 그때 엄마가 뒤에서 소리를 질렀다.

"내일 담임한테 솔직히 말해! 담배 주인은 엄마라고!"

"싫어!"

나는 기분이 썩 좋지 않아 그냥 소리를 내질렀다.

"엄만 학교 절대 안 갈 거야! 담배는 기호 식품이고 죄진 게 없는데 담임한테 왜 가야 해? 기호 식품까지 담임한테 간섭 받을 이유 없어. 내일 가서 한마디만 해. 엄마가 우울증 환자라고 하면 별말 없을 거야."

"우울증이 무슨 벼슬이야! 맨날 무슨 말만 하면 우울증이래!"

"야! 이주노! 그딴 식으로밖에 말 못해! 당장 꺼져!"

엄마는 할 말이 없으면 언제나 꺼지라는 말로 말싸움을 마무리했다.

개들이 오후 내내 얌전했다. 개들은 서로의 몸을 맞대고 꿈쩍도 안 했다. 좁은 케이지 안에 웅크리고 있는 게 주디 말대로 꼭 감옥에 갇힌 것처럼 보였다. 개들 신세나 버스에 갇힌 우리 가족 신세나 매한가지였다. 고양이 가족도 케이지 안에서 서로 포개고 꼼짝을 안 했다. 장난꾸러기들이 거리로 쫓겨나왔다는 걸 아는지 장난도 치지 않았다. 어쩐지 그 모습이 측은했다. 개와 고양이들을 좁은 케이지에서 자유롭게 풀어주고 싶었다. 그때 엄마가 버스에서 생수병을 들고 나왔다. 엄마는 나랑 언제 다퉜냐는 듯이 아무렇지 않게 개들에게 물을 줬다.

"엄마! 개들 풀어주자."

"그건 안 돼."

"쟤들은 거리로 나가면 며칠도 못 살고 죄다 죽을 거야. 거리는 언제나 위험하거든."

"유기견 보호소도 있잖아."

"유기견 보호소? 거기 가도 고작 한 달이야. 그다음은 모두 가스실에서 죽어. 그게 어떻게 보호소야? 유기견 살인 센터지. 더구나 우린 유기견을 보살피는 대가로 사료도 무료로 보내주잖아. 만약 보호소로 개들을 보낸다면 세상 사람들이 엄마를 손가락질하며 욕할걸. 어쩌면 무료로 받은 사료를 도로 토해내라고 할지도 모르지."

"그럼 입양시켜!"

"입양? 누가 저런 떠돌이 개들을 입양해? 주인한테 버림받거나 가출한 애들은 언제나 찬밥 신세거든. 그러니까 너도 잘 봐둬. 요즘 애들 집 싫다고 가출하는데 나가보면 유기견 신세나 다를 게 없어. 그래도 우리가 데리고 있으면 부족해도 제명대로는 살잖아."

"우리가 무슨 NGO라도 돼? 저 많은 개들을 무슨 수로 책임져?"

"무슨 수가 있겠지."

"도대체 그놈의 수는 무슨 수? 아, 돌겠네. 엄마 제발 정신 좀 차려. 개들 지키다 우리가 죽어!"

나는 엄마에게 기어이 소리를 지르고 말았다. 엄마는 개들에 대해서만큼은 신념에 차 있었다. 엄마는 자신이 개들을 사랑한다고 믿었다. 그러나 내가 보기엔 개들을 학대하는 건 다름 아닌 엄마였다. 나는 개들에게 거리로 나갈 수 있는 자유를 주고 싶었다.

오후에 생수를 받으려고 은행에 갔다가 우연히 예지를 봤다. 예지는 창구 앞에서 순서를 기다리고 있었다. 예지와 눈이 마주치는 게 부담스러워 들고 있던 물병을 얼른 뒤로 숨기고 은행을 나오려는 순간, "이주노!" 하며 예지가 부르는 소리가 들렸다. 내 뒷모습을 예지가 기어이 보고야 말았다.

"어…… 황예지……."

나는 어쩔 수 없이 알은 척을 했다.

"너도 이 은행 다녀?"

"응."

"집이 이 근처야?"

"어…… 이 근처."

"아빠 거래 은행이 여기거든. 지금 체크카드 만드는 중이니까 잠깐 기다려."

나는 예지를 따돌리고 은행 밖으로 나오고 싶었다. 하필 여기서 예지를 만날 줄은 몰랐다. 나는 엉거주춤한 자세로 예지를 기다렸다. 예지가 체크카드를 받아 들고 내게로 다시 왔다.

"너 체크카드 쓰는구나."

"넌 안 써?"

"으음…… 귀찮아서 안 만들었어."

"난 아빠가 지방에 계시니까 용돈을 내 통장으로 부치거든."

"그렇구나. 체크카드 쓰는 애들 많이 있더라."

예지와 나란히 은행 밖으로 나와 버스 종점 쪽으로 걸어갔다.

"너…… 혹시 우리 반 아이들 어떻게 생각해?"

예지가 뜬금없이 우리 반 아이들에 대해 물었다.

"그…… 글쎄 그런 생각 안 해봐서."

난 건성으로 대답하고 시계를 보았다. 시계 바늘이 네 시 쪽으로 기울고 있었다. 나는 마음이 초조했다. 은행이 문을 닫으면 빈

물병을 들고 버스로 갈 수밖에 없다. 엄마의 잔소리가 귀에 쟁쟁했다. 나는 예지와 한가롭게 대화를 나눌 틈이 없었다. 머릿속은 온통 은행 정수기에 가 있었다. 예지는 내게 무슨 말을 할 듯 말 듯 했다. 나는 예지가 자기 갈 길을 가줬으면 하는 마음뿐이었다. 우리는 그냥 말 없이 느릿느릿 거리를 걸었다.

버스 종점이 눈앞에 보였다. 주디가 버스에서 나와 개들을 보고 있었다. 주디는 공터 쪽 도로를 지나가는 나를 봤는지 손을 힘차게 흔들었다. 주디가 당장 내게 달려올 것만 같아 마음이 조마조마했다.

"넌 이 동네 애들하고 좀 다른 것 같아. 내가 전학 와서 느낀 건데……."

예지가 내게 거는 말이 귀에 들어오지 않아 말을 잘랐다.

"어…… 저…… 예지야, 미안한데 난 일이 있어서 여기서 헤어지자. 난 이쪽으로 가야 되거든."

난 버스 종점 옆으로 난 오른쪽 골목길을 가리키며 예지의 말을 막았다.

"그……그래? 난 또 같은 방향인 줄 알았어."

예지는 아쉬운 듯 얼굴을 붉혔다. 나는 쫓기는 사람처럼 이내 손을 흔들며 공터 입구에서 헤어졌다. 나는 예지의 뒷모습이 멀어지는 걸 확인하고 오른쪽 골목으로 돌아 다시 은행 쪽으로 가는 뒷길로 달렸다. 내 머릿속에는 은행 문이 닫히면 어쩌나 하는 불안감으로 가득 찼다.

은행 앞에 다시 도착했을 땐 이미 정문은 닫혀 있었다. 다행히 비상문은 아직 은행 일을 다 보지 못한 사람들을 위해 열려 있었다. 간신히 경비의 눈을 피해 생수병에 물을 담은 후 은행을 나왔다. 종점 공터로 오는 동안 조금 전 헤어졌던 예지가 문득 생각났다. 예지가 헤어지기 전에 힘들게 꺼내려고 했던 말이 뭘까? 예지의 말을 끝까지 들어주지 못한 게 마음에 걸렸다. 전학생을 따뜻하게 보듬으라고 했던 선생님의 말이 떠올랐다.

예지가 우리 반으로 전학 오던 날, 그 애의 초콜릿 빛깔 긴 머리와 큰 눈망울에 잠시 넋이 나갔었다.

"통영에서 전학 온 황예지라고 해. 잘 부탁해."

통영에서 왔다는 전학생의 말에 모두들 수군거렸다. 통영이란 도시가 어딘지 모르는 애들이 거의 다수였다. 미국에 있는 도시의 이름보다 더 낯설었다. 우리 반 애들 중에 반수가 넘는 애들이 해외 어학연수나 유학을 다녀온 애들이라 더더욱 낯설음이 컸다. 예지의 낭창낭창한 인사말이 내 귀에 쏙쏙 들어왔다. 예지는 눈매가 선했고, 야무져 보였다. 어깨까지 내려온 예지의 생머리는 오지 탐험에 나오는 여자들처럼 야성적인 매력으로 눈을 사로잡았다. 통영이란 도시가 그다지 멀리 느껴지지 않았다. 내 눈으로 직접 보지는 않았지만 무척 아름다운 바다가 있을 것 같았다. 처음으로 학교에 오기를 잘했다는 생각이 들었다. 그날 집으로 오면서 혼자 헤죽헤죽 웃었던 기억이 났다.

예지도 나와 마찬가지로 외톨이였다. 그 점이 오히려 마음을 두근거리게 했다. 닮은 것은 짝을 이룬다고 하지 않았던가. 그날부터 예지의 행동은 언제나 내 레이더에 잡혔다. 전학을 왔다는 사실 하나로도 주목을 받았다. 나는 그날부터 똥폼을 잔뜩 잡고 한 마리 늑대처럼 예지 곁을 어슬렁거렸다. 예지가 불편할 수 있는 학교 규칙과 근처에 있는 분식집, 문구점, 영화관 등 일일이 친절하게 안내를 해줬다. 그러면서 예지는 자연스럽게 나의 베스트 프렌드가 되었다. 예지도 그런 날 싫어하는 것 같지 않아 위안이 되었다.

버스로 돌아오는 길에 망할 이가 욱신욱신 쑤셨다. 어금니가 일 년 전부터 썩어 까맣게 이 표면을 덮고 있었다. 버스 안으로 들어서자 엄마는 빨래를 개며 노래를 흥얼거리고 있었다.

"엄마, 이빨이 또 쑤셔."

엄마는 묵묵부답이다.

"이빨…… 정말 아파."

엄마가 일어나 가방을 뒤지더니 진통제 한 알을 건넸다.

"우선 이거라도 먹어둬."

"이러다 이빨 몽땅 빠지겠어."

"그럼 어떻게 해. 치과에 가면 썩은 이빨 빼고 모조리 금으로 씌우라고 할 텐데? 치료비만 몇 백 나올걸?"

"그렇다고 이렇게 아픈 걸 참고 있으란 말이야?"

"기다려봐. 무슨 수가 있겠지."

"무슨 수? 엄만 도대체 무슨 생각하면서 살아?"

"생각한다고 일이 해결되니?"

"버스에서 언제까지 있을 건데?"

"그건 나도 몰라."

"몰라! 몰라! 도대체 엄마가 아는 건 뭔데? 언제까지 그렇게 모른다고만 할 거야! 엄마가 모르면 누가 알아?"

나는 욱신거리는 이빨 때문에 참을 수 없이 화가 치밀었다. 엄마를 더 이상 믿을 수 없었다.

"세상 일이 맘대로 안 되니 문제지?"

엄마는 한숨을 깊게 내쉬며 무심하게 한 마디를 툭 내뱉었다. 나는 도무지 엄마의 저 태평스러운 태도 때문에 견딜 수가 없었다. 혹시 엄마가 우울증 약을 너무 많이 먹어 생긴 부작용이 아닐까 하는 의심도 해봤다. 그래도 언제나 참아야 한다고 나를 설득했다. 왜냐하면 우울증 걸린 엄마라도 세상에 없는 것보다 옆에 있는 게 낫기 때문이다. 아빠를 잃은 마당에 엄마까지 잃을 수는 없었다.

　중간고사 기간이 일주일 정도 남았다. 엄마는 도서관에 가서 공부하라고 내 등을 강제로 떠밀었다. 난 도서관에 가기 싫었다. 도서관은 학교에서 멀지 않았다. 도서관은 잘난 놈들의 소굴이었다. 엄마는 그 소굴을 들어가기라도 하면 내가 동물원의 사자로 거듭날 거라고 믿는 듯했다. 엄마가 모르는 게 있다면 사자에게 토끼 정도는 한입거리도 안 된다는 사실이다. 우리 반 잘난 놈들과 마주칠 게 뻔했다. 죽이 맞는 녀석들끼리 몰려다니는 통에 그들의 기가 협곡처럼 언제나 나를 압박했다. 얼굴이라도 마주치면 불편하고 말이라도 걸게 되면 그 어색함을 참을 수 없었다. 이런 상황을 만든 주범이 바로 우리 엄마라는 사람이다.

　내가 6학년이 되던 해, 엄마는 청당동에 있는 큰 빌라로 우리를 데리고 들어갔다. 빌라의 주인은 엄마가 일하는 식당의 사장님이었다. 새벽부터 시작되는 일이라 싱글맘인 엄마를 배려하여 좀더 가까운 곳에서 일할 수 있게 해주었다. 엄마는 주디와 나의 주소를 빌라로 옮겼다.

　얼마 안 가 나는 그 집에서 중학교 배정을 받았다. 모두가 선망하던 신운 중학교에 배정을 받은 후 엄마는 마치 로또에 당첨이라도 된 것처럼 기뻐했다. 하지만 그것도 잠시, 내가 중학교 배정을 받은 후 얼마 못 가 엄마의 허리에 문제가 생겼다. 종일 서서 일하는 식당 일이 엄마의 허리에 무리를 주었다. 엄마는 허리 디스크의 통증이 심해 결국 병원에서 수술을 받았다. 엄마의 허리는 수술 후에도 상태가 좋지 않아 오래 서 있지 못했고 결국 식당 일을 그만둘 수밖에 없었다. 우린 다시 그곳에서 멀지 않은 다세대 지하 연립으로 들어갔다.

신운 중학교는 전통이 오래된 학교였다. 그래서 우리 구에서는 위장 전입까지 해서라도 배정을 받으려는 학부모들이 많았다. 학기 초만 되면 위장 전입자를 솎아내느라 학교가 한동안 들썩였다. 발각되는 즉시 원래의 주소지로 돌아가는 애들도 종종 있었다. 엄마는 교육열이 그다지 높은 사람은 아니었다. 뒷걸음질 치다 쥐 잡은 꼴이 되긴 했지만 그래도 엄마는 큰일을 한 사람마냥, "나 아니었으면 네가 어떻게 그 학교를 다녀!"라는 말로 위세를 떨었다.

학기 초 담임은 위장 전입자들을 걸러낸다고 혈안이 되었다. 담임 앞으로 교육청에서 위장 전입자 리스트가 공문으로 내려왔다. 나는 죄 지은 것도 없는데 마음이 조마조마했다.

"우리 중학교는 불법 입학이 많은 학교다. 이번 조사에 대해 불만 품지 말고 모두가 협조하기 바란다. 작년에 무더기로 적발되는 바람에 모두 다시 원적지로 전학을 간 경우도 있긴 하지만 우리 반에는 그런 학생이 없기를 바란다."

담임은 뭔가 비장한 얼굴이었다. 나는 죄 지은 것도 없는데 불안하다 못해 손에 땀이 쥐어졌다. 엄마가 내게 짚어줬던 얘기가 떠올랐다.

"아무 걱정할 것 없어. 우린 정당하게 배정된 거야. 아마 그 주소지에서 우리를 확인해줄 거니까 걱정 마."

엄마의 낙천적인 태도가 어쩐지 아침부터 불안했다. 아무래도 담임에게 찾아가 먼저 우리 집 사정을 실토하는 편이 나을 것 같았다. 왜냐하면 이번 조사는 담임이 직접 주소지를 들고 집을 방문해 확인한다고 했다. 담임에게 걸리는 순간 전학을 갈 수밖에 없었다.

방과 후 나는 담임을 찾아갔다. 담임은 드디어 올 것이 왔다는 태도로 나를 쳐다봤다.

"선생님, 말씀 드릴 게 있는데요?"

"그래 뭐니?"

"저어……."

"뭐? 위장 전입 문제니?"

"아뇨 그게 아니라……."

"그럼 뭐야?"

"그 얘긴 맞는데요. 위장은 아니에요."

"그럼? 위장이 아니면?"

"위장이 아니라 그 집에서 살다 이사 간 거 맞거든요."

"얼마나 살았는데?"

"8개월쯤요."

"8개월?"

선생님은 도저히 못 믿겠다는 표정을 지었다.

"진짜 그 집에서 살았어요."

"살았다는 걸 부정하는 게 아냐. 그곳에서 살다가 배정 받고 바로 이사 간 사실이 문제라는 거지. 근데 무슨 문제 때문에 배정만 받고 이사 갔어? 요즘 경기 침체 때문에 아버지 사업이 망하는 경우가 더러 있기는 하지만, 이건 너무 기간을 딱 맞췄네. 뭐, 확인해 봐야 알겠지만……."

선생님은 끝까지 의심을 접을 수 없다는 논리였다. 구질구질한 사연을 입에 담기 싫지만 자칫하면 위장 전입이라는 오해를 받고 도로 전학을 갈 위기였다.

"선생님 지금 저랑 그 집에 같이 가요. 위장 전입이 아니라는 걸 확인해줄 사람이 있어요."

"지금?"

"그 집 사장님이 저희 사정을 다 말해줄 거예요."

"사장님이라니?"

담임은 나의 당당한 모습에 잠시 머뭇거렸다. 나는 그 집으로 이사 갈 수밖에 없는 사정을 솔직히 털어놓았다. 그 말을 하는 동안 내 얼굴이 달궈진 불판처럼 뜨거웠다.

"그래도 자식아, 일년은 살고 이사했으면 골치 아픈 일은 없지. 어차피 조사할 거니까 그 문젠 밝혀질 거야. 우리 반에 리스트로 올라온 학생은 너 하나거든."

결국 담임은 날 불쌍한 아이로 만들어놓고 집으로 보냈다.

다행히 위장 전입 논란은 담임 선에서 별 다른 문제를 일으키지 않고 무마가 되었다. 그러나 학교 안에서는 의심의 눈초리를 받고 있는 건 사실이다. 위장 전입이란 꼬리표가 내 이름 앞에 수식어처럼 붙어 있는 건 개운치 않은 일이었다. 그러는 사이 나는 반에서 자연스럽게 섬이 되어버렸다.

어릴 적 나는 아빠의 오톤짜리 유조차 옆자리에 올라타는 게 언제나 좋았다. 아빠의 운전석 옆자리는 높은 산 정상에 올라온 것처럼 도로 아래가 훤히 잘 보였다. 유조차가 도로 위를 운전할 때는 작은 승용차들이 아빠의 유조차를 피해 길을 비켜주는 걸 보면서 우쭐하기도 했다. 유조차는 꼭 우주선 같았다. 친구들은 도저히 탈 수 없는 차였다.

아빠는 그날도 새벽같이 유조차를 몰았다. 그날은 눈발이 제법 굵게 날리던 날이었다. 너무 이른 새벽이라 아빠가 내 방에 들어온 것을 알고도 눈을 뜨지 못했다. 어두컴컴한 방 안에서 단지 아빠의 청색 잠바에서 나는 기름 냄새를 맡았을 뿐이었다. 그 냄새의 기억은 쉽게 지워지지 않았다.

아빠는 유조차 저장고에서 기름을 받아 전국에 배송하는 일을 했다. 그날 아빠는 강원도 춘천에 있는 주유소로 배송을 갔고 그곳에서 사고가 났다. 경찰서에서 연락이 온 건 그날 오후쯤이었다. 아빠의 유조차가 커브 길에서 미끄러지는 바람에 전복되었다고 했다. 아빠는 곧 춘천 병원으로 후송되었고 엄마와 나는 급히 병원으로 향했다.

엄마와 나는 병원에 도착한 후 중환자실로 갔다. 의사가 엄마만 들여보내고 나는 중환자실 안으로 들여보내지 않았다. 아빠의 얼굴을 볼 수 없었지만 그 순간에도 아빠가 위급한 상황에 처해 있다는 생각을 하지 못했다. 그저 유조차가 전복되는 바람에 화재가 났고 4도 화상을 입은 상태라고 하는 말만 엄마에게 들었다. 나는 4도 화상의 깊이를 가늠할 수 없었기 때문에 심각함을 몰랐다.

엄마가 중환자실에 들어간 지 한 시간 만에 나왔다. 엄마의 눈은 이미 퉁퉁 부어 발갛게 달아올랐다.

"주노야! 아빠가…… 아빠가…… 흑…… ."

엄마는 날 부둥켜안고 더 이상 말을 잇지 못했다. 그때 엄마의 눈에서 흐르는 눈물이 내게는 굉장히 충격적이었다. 지금까지 본 엄마의 모습 중 가장 절망적인 얼굴이었기 때문이다.

장례식 날은 진눈깨비 같은 눈발이 유난히 많이 흩날렸다. 나는 분향소에 향을 올리고 상주로서 조문객에게 절을 했다. 그때까지도 아빠가 죽었다는 사실이 실감이 나지 않았다. 나는 아빠에게 마지막 인사를 했다. 그 인사는 화장터에서 이루어졌다. 난 별로 할 얘기가 없었다. 이모가 옆에서 재촉을 했다. 그제야 관을 어루만지며 나는 짧은 인사를 했다.

"아빠…… 잘 가."

너무 간단한 한마디였다. 딱히 그 어떤 말도 떠오르지 않았다. 주디는 그 말조차 하지 못했다. 잠시 후 아빠의 검은 관이 화장되는 가마로 옮겨갈 때 엄마가 관을 붙잡고 오열했다.

"전생에…… 웬수가…… 제일 먼저 간다는데…… 흑…… 흑…… 주노 아빠…… 나…… 이제…… 어찌 살아. 흑…… 흑."

엄마는 끊어질 듯 끊어지지 않는 흐느낌으로 주변을 숙연하게 만들었다. 그런 엄마를 지켜보는 사람들이 따라 울었다. 그 울음소리가 무겁게 아빠의 관을 짓누르는 것 같았다. 아빠의 관이 가마 속으로 들어가 보이지 않을 즈음 엄마는 그 자리에 주저앉고 말았다. 엄마의 약한 모습에 나는 참고 참았던 울음이 터졌다. 죽음이 뭔지 모르지만 아빠가 누워 있는 관이 불길에 타고 있다는 사실에 가슴이 먹먹하고 슬펐다. 아빠는 유조차 사고로 살아 있을 때 불에 탔고, 또 화장하며 불에 타버렸다. 아빠가 두 번 죽은 느낌이었다. 아빠를 떠올리면 휘발유 냄새가 먼저 떠올랐다. 아빠가 없는 텅 빈 집은 상상이 되지 않았다. 아빠가 건강한 모습으로 기름 냄새 나는 잠바를 입고 우리 앞에 성큼 다가올 것 같았다. 가마의 문이 닫히자 조문객 중에 한 사람이 이렇게 말했다.

"법 없이도 살 사람이 가장 먼저 가네. 팔자도 참…… 너희 아빠는 정말로 좋은 사람이었어. 너희 아빠 같은 사람도 세상에 몇 없을 거다. 하나님은 착한 사람을 가장 먼저 데려가신다고 하던데……. 아마도 하나님이 아빨 너무 사랑하셨나 봐. 너희도 슬프겠지만 지금 제일 힘든 건 네 엄마야. 오죽할까…… 하늘이 무너지는 심정일 게다."

조문객들의 말이 내게 위로가 되지 않았다. 그날 이후 엄마는 작은 일에도 자주 화를 냈고 입가에서 웃음도 점점 사라졌다.

외톨이들의 아우성

　　토요일 아침부터 교실에 준수의 생일 초대장이 돌려졌다. 지난 주부터 초대장이 돌고 있었다. 나는 준수의 짝인데도 초대장을 받지 못했다. 생일 파티 장소는 씨푸드 뷔페 레스토랑이었다. 그곳에 룸을 예약해놓은 모양이었다. 카드를 받은 아이들은 대충 우리 반에서 열다섯 명 정도였다. 그들은 유치원부터 중학교까지 이 동네 토박이들이었다. 애초부터 나는 그 초대장을 받을 수 있는 멤버가 아니었다. 나는 '진통 청당동' 출신이 아니었다. 초등학교 중간에 전학을 온 아이들은 일단 제외되었다. 한마디로 짝퉁들은 그들과 공통분모를 찾을 수 없었다. 그들은 모두 거미줄처럼 얽혀 있었다. 운동을 할 때도 수업을 할 때도 놀 때도 언제나 그들 속에는 무언의 규칙이 있었다.

준수가 새로 산 신형 스마트폰을 들고 나타났다. 나도 갖고 싶었던 모델이었다.

"성능 쩐다. 볼래?"

준수는 내게 고퀄 3D 게임을 얼마나 오랜 시간 할 수 있는지 자랑했다.

"이번에 텝스 600점 넘었다고 아빠가 사준 거야. 다음에 과학 올림피아드 동상이라도 수상하면 그땐 아이패드 사준댔다."

준수는 여전히 눈을 스마트폰에서 떼지 못하고 신이 나 내게 말했다.

이 학교 아이들은 텝스와 같은 어려운 영어와 과학 올림피아드 시험을 수시로 보고 있었다. 준수도 끼리끼리 그룹 과외와 학원을 병행하고 있어 늘 쉬는 시간에 학원 숙제를 하기 일쑤였다. 가끔 어려운 책들을 들고 오기도 했는데 난 한 글자도 이해할 수 없는 책이었다.『자연의 지배자들』,『이기적 유전자』,『물질문명과 자본주의』,『인간의 조건』 등은 낯선 외국어 지문을 보는 것 같았다. 그들은 인문 고전을 담당하는 논술 선생님이 매주 선정하는 책을 읽었다. 난 그들끼리 나누는 말을 이해할 수 없었다. 중2밖에 안 됐는데 수1과 수2는 물론 미분과 적분, 기하와 벡터까지 푸는 아이들은 분명히 나랑 차원이 다른 세계에 있었다. 언제나 자기들끼리 모여 눈빛을 교환했고 그들 대화에라도 끼려 하면 아이들은 갑자기 대화를 멈췄다. 그들은 공유했던 비밀을 들키기라도 할까 봐 늘 경계를 했다.

주번 활동을 하고 교실로 돌아와 보니 반 아이들이 우르르 몰려 웅성거렸다. 강효재네 패거리였다. 'BEST OF BEST'를 줄여서 'B.O.B.' 그래서 학교 애들은 강효재네를 '비오비'라고 부른다. 간지나 보이려고 지은 이름 같은데 내가 보기엔 그냥 '밥'이다. 뭐 하러 길게 부르는지 모르겠다. B.O.B.를 더 짧게 밥이라고 부르는 게 저 녀석들한테 어울린다. 저 녀석들은 여러 명이니까 한마디로 '밥통'들이다. 밥통들은 같은 초등학교를 나왔거나 학원에서 맺어진 경우가 많았다. 밥통들은 장신구나 머리 염색을 통일하기도 했고, 같은 브랜드 옷을 입기도 했다.

밥통들이 예지 앞에 몰려왔다. 강효재는 눈을 가늘게 뜨면서 예지를 째리고 있었다.

"어이, 촌딱. 밥이 넘어가지 넘어가?"

예지는 아무 말 없이 밥을 먹고 있었다.

"이게 사람 말이 안 들려? 귓구멍이 막혔냐고? 너 통영에서도 왕따였다며, 한 번 왕따는 영원한 왕따라는 거 몰라? 남의 구역에 들어왔으면 납작 기든가 할 것이지 이게 어디서 존나 센 척해. 그래봤자 촌닭 티 팍팍 나는 게……."

예지는 효재의 막말에도 아랑곳하지 않고 남은 밥까지 싹싹 비운 후 식판을 가지고 일어섰다. 강효재가 예지의 팔을 잡아끌었다. 그 바람에 식판이 바닥에 뒹굴면서 남은 김치 국물이 강효재의 실내화 위로 튀었다. 순간 교실은 아수라장이 되었다. 반 아이들의 시선이 고춧가루 국물이 튄 실내화로 쏠렸다.

"뭐야! 시팔, 야! 닦어."

예지가 난감한 듯 서 있자 효재가 다시 소리를 질렀다.

"존 말 할 때 들어라. 닦어!"

예지의 얼굴이 점점 굳어졌지만 결코 바닥을 닦지는 않았다. 예지가 고개를 숙이고 식판만 들고 교실을 나가자 강효재가 뒤를 쫓아가 예지의 긴 머리채를 손으로 끌어 당겼다.

"야! 닦으라면 닦아! 얘 아주 웃기는 기지배네. 통영에선 먹혔는지 몰라도 여긴 아냐! 이게 아주 죽으려고 용쓰네."

"이거 못 놔?"

예지가 소리를 질렀다.

"엇쭈, 야리긴…… 야, 이 핸드폰은 압수다. 압수."

강효재가 분풀이 대가로 책상 위에 놓인 예지의 핸드폰을 뺏었다.

"뭐야, 이건 대명외고 정문 사진이네. 여기 가시려고? 꼴에 명문 중학교라고 전학 와 애 쓴다 너."

"야, 핸드폰 내놔!"

예지는 분한 듯이 소리를 질렀다. 예지의 얼굴은 좀 전과 달리 성난 표정이 역력했다.

"못 내놓겠는데. 이거 돌려받고 싶으면 정글의 법칙에 따르든가."

강효재는 핸드폰을 손에 들고 여전히 깐죽거렸다. 밥통들의 대가리인 강효재는 학교 짱이다. 우리 학교는 조기 유학파가 많았는데 그중 한 명이다. 효재는 놀기도 했지만 그렇다고 성적이 밀리지 않았다. 밥통들은 내성적이거나 자기네 말에 복종하지 않는 애들을 주로 괴롭혔다. 예지는 전학 와서 친구들을 사귀지 못했다. 밥통들 패거리들은 자기네 편으로 끌어들일 만한 아이는 온갖 수를 써서 괴롭혔다. 예지가 당하는 걸 모두가 바라만 봤다. 누구 하나 제지해주는 아이들이 없었다. 나는 속이 바짝바짝 타들어갔다.

'야, 강효재! 그 손 놓지? 예지 건들면 내 손에 죽는다.'

난 이렇게 소리치고 싶었다. 그러나 마음과는 달리 선뜻 나설 용기가 없었다. 내 힘으로 밥통들과 맞설 자신이 없었다. 효재는 위장 전입의 증거를 가지고 있다며 협박을 했다. 더구나 밥통 패거리에 들어오라는 협박도 수시로 해댔다.

난 더 이상 방관할 수 없어 교실을 빠져나와 일층 교무실로 향했다. 급한 마음에 두세 계단씩 건너뛰며 쏜살같이 달렸다. 예지가 효재에게 맞기라도 한다면 끔찍했다. 빨리 이 사실을 담임에게 알려야 했다.

숨을 헐떡거리며 교무실 문을 열자 담임은 커피 잔을 들고 여유 있게 신문을 보고 있었다. 나는 담임을 보자 심장이 쿵쿵거리며 침을 꿀꺽 삼켰다. 담임 앞으로 숨을 가다듬고 다가갔다.

"선생님! 지금 교실에서 강효재가 예지 괴롭혀요."

"밑도 끝도 없이 뭘 괴롭힌다는 거야? 효재가 예지를 패기라도 했단 말야?"

선생님은 신문에서 눈을 떼지 않고 심드렁하게 말했다.

"그……그건 아니고. 음…… 그러니까 핸드폰을 뺏었어요."

"핸드폰 그거야 달라고 하면 되지. 뭐가 문제야."

"식판도 엎었어요."

"식판? 이것들이…… 누가 식판 엎었어?"

"강……강효재요."

담임은 대수롭지 않다는 듯이 신문을 접고 그제야 내 얼굴을 봤다.

"이것들이 또 장난을 치나. 하루도 바람 잘 날이 없어. 가봐. 좀 있다 올라갈 테니까."

"지금 당장 가봐야 해요."

나는 담임을 졸랐다.

"지금? 인마, 뭐가 그리 급해? 폭력을 휘두른 것도 아니고 핸드폰 좀 뺏은 것 가지고. 이건 뭐 담임 수당이라고는 쥐꼬리만 하게 주고 종일 언놈이 말썽 피나 보초 서야 되냐? 참 할 짓이 아니네.

안마! 별거 아닌 건 니들끼리 해결해. 사사건건 와서 일러바치지 좀 말고, 가봐."

담임은 짜증난 얼굴로 턱짓을 했다. 담임은 교실에서 일어나는 일을 무조건 귀찮다는 얼굴이었다. 담임의 턱짓에 교무실을 나왔지만 뭔가 내 말을 무시당했다는 느낌을 지울 수 없었다.

내가 다시 교실로 올라왔을 땐 밥통들도 사라지고 조용했다. 예지는 책상에 엎드려 한동안 얼굴을 들지 않았다.

"예지야, 너 괜찮니?"

나는 조심스레 등을 두드리며 물었다. 예지는 그냥 고개를 끄덕였다. 나는 좀 전의 상황을 두 눈으로 뻔히 보면서도 예지 편이 되어주지 못했다. '비겁한 이주노.' 난 마음속으로 그렇게 외쳤다.

수업 시작을 알리는 종이 울리기 오분 전인데도 담임이 올라오지 않았다. 강효재는 여전히 자신이 무슨 짓을 했는지 모르는 눈치였다. 옆자리 친구와 떠들며 한바탕 웃기까지 했다. 재수 없는 새끼, 지금이라도 당장 효재에게 달려가 한판 붙고 싶었지만 일이 시끄러워질 게 겁이 났다.

담임은 수업 시작종이 울린 후 십분이나 지난 다음에 교실에 들어왔다. 담임은 어떤 말도 입에 담지 않고 수업을 바로 시작했다. 나는 담임의 태도에 주먹이 쥐어졌다. 담임은 수업이 끝날 때까지 효재를 끝끝내 호출하지 않았다. 담임은 내가 좀 전에 교무실에서

했던 말들을 까맣게 잊은 모양이다. 그게 아니라면 강효재를 혼낼 마음이 없는 거다. 교실 문을 열고 나가는 담임의 얼굴에 침을 뱉어주고 싶었다.

공터 구석에 주디가 쪼그리고 앉아 개들을 뚫어지게 바라보고 있었다.

"뭘 그렇게 봐?"

"오빠 부슬이랑 대부가 이상해. 피부에 진물이 흐르고 빨개."

"어디 봐."

주디의 말을 듣고 개들의 배와 등 쪽을 살펴보았다. 뱃가죽 쪽에 검은 반점들이 여러 군데 보였다. 더구나 개들은 등을 바닥에 대고 박박 문질렀는지 피부가 벗겨져 피가 엉겨 있었다.

"얘네들 아프겠다."

주디가 안타까운 듯 말했다.

"얼마나 가려울까. 난 저 기분 알아."

주디는 아토피로 오랫동안 고생했던 기억을 떠올리는 듯 말했다.

"누가 저 개들 좀 데려가 키워주면 좋을텐데……. 여기는 목욕도 시키기 어렵고 치료해줄 돈도 없고……. 병원도 데려가고 아늑한 집도 만들어줄 천사가 있을까?"

"꿈 깨라. 그런 인간이 있다면 우린 폐차에 살지 않아."

"오빠, 광고라도 해보자."

"광고?"

"그래, 사람들이 나무에다 광고 붙이는 거 봤어. 우리도 개들을 입양할 사람을 찾아보면 어떨까?"

"야! 이런 떠돌이 개들을 입양할 또라이가 어딨냐?"

"세상에는 개들을 사랑하는 사람들도 있다 뭐."

"한 사람 있긴 한데……."

"누구?"

나는 버스를 향해 눈짓을 했다.

"엄마?"

"그래, 엄마가 그런 사람이잖아. 개를 지킬 힘도 없으면서 무작정 끌고 와 끼고 사는 대책 없는 사람."

난 그저 마음에서 느끼는 그대로를 말했다.

"엄만 너무 가난해. 저 많은 개들을 돌볼 수 없잖아. 몸도 아프고, 엄마 말고 다른 사람 없을까?"

"동물 병원 원장이라면 손을 쓸 수 있을 거야. 의사잖아."

"원장 선생님이 떠돌이 개들을 입양할까?"

"야! 원장 쌤이 어떻게 저 개들을 다 입양하겠냐. 그런 야무진 꿈은 그만 꿔라."

"우리 개들이 몽땅 입양되면 이모네 집에 갈 수 있을 텐데. 난 버스에서 사는 거 진짜 싫어. 오늘 얼마나 조마조마했는지 알아? 친구들이 버스로 들어가는 걸 볼까 봐 수도 없이 뒤를 돌아보며 왔어."

주디는 지금 이 상황이 아주 괴로운 듯 얼굴이 굳어졌다. 그때 엄마가 어느새 우리 등 뒤에 와 서 있었다.

"주노야, 새우한테 가봐. 종일 꼼짝도 안 한 채 숨만 가쁘게 쉬어. 아무래도 죽을 것 같아. 어쩐지 좀 느낌이 안 좋네. 사람이든 동물이든 죽는 걸 보는 건 이제 무섭다. 꼭 내가 죽을 것 같아."

엄마는 근심 어린 눈으로 말했다.

"저런 병든 개새끼는 그냥 죽으라고 해!"

나는 엄마에게 퉁명스럽게 소리를 지르고 버스 쪽으로 갔다.

버스 안으로 들어가자 새우는 엄마의 말대로 낡은 담요에 누워 꼼짝도 안 하고 숨을 몰아쉬고 있었다. 그 모습을 보자 한숨이 절로 나왔다. 낡은 담요 앞에 널브러져 있는 새우에게 다가갔다. 새우는 눈을 힘겹게 뜨며 나를 바라보는 듯했다. 저놈의 눈이 문제다. 저 다갈색 눈망울이 자꾸 내 맘을 흔든다.

"아이씨, 정말 내가 미쳐! 진짜. 이걸 죽여 살려."

그냥 이대로 자면서 죽기라도 한다면 오히려 맘이 편할 것 같다. 이건 쌕쌕거리는 모습을 꼭 중계방송하듯 해서 사람 마음을 조마조마하게 만든다. 새우 옆에 놓인 사료는 어제부터 그대로다. 이대로 두었다가는 죽기라도 할 것 같아 수저로 물을 떠 새우의 입으로 가져갔다. 하지만 새우는 입을 꾹 다물 뿐 벌리지 않았다.

"그래 니가 배가 불렀구나. 맘대로 해. 난 물도 주고 사료도 줬다. 그러니까 나 원망하지 마!"

새우 때문에 마음이 심란해 더 이상 버스에 있을 수 없었다. 사거리 쪽에 피시방이 보였다. 피시방에 들어가 새우의 병에 대해 검색해보았다. 심장병은 산책이나 흥분은 금기였다. 왜 하필 심장병이란 몹쓸 병에 걸렸는지 안타까웠다. 재수 없게 병든 개를 엄마는 뭐가 좋다고 끌고 와 사람을 힘들게 하는지 모르겠다.

다음날 아침 등굣길에 새우를 동물 병원에 맡겨보려고 함께 버스를 나섰다. 어젯밤 새우의 움직임이 심상치 않아 잠을 설쳤다. 나는 새우의 야윈 몸을 두 팔로 감싸고 동물 병원 유리문 너머를 기웃거렸다. 동물 병원은 아직 문을 열지 않은 듯 불이 꺼져 있었다. 새우는 가슴에 찰싹 달라붙어 여전히 가쁜 숨을 몰아쉬었다. 병원 출입문 앞에서 십분을 기다렸으나 원장은 오지 않았다. 이대로 기다릴 수만은 없었다. 나는 할 수 없이 새우를 배낭에 넣고 황급히 학교로 발걸음을 옮겼다. 새우가 다행히 짖지 않고 움직임도 별로 없었다.

1교시가 끝날 때까지 새우는 얌전히 가방 안에서 꼼짝을 하지 않았다. 수업 내내 새우가 짖을까 봐 조마조마했는데 다행히 자고 있었다. 2교시는 체육시간이라 운동장에 나가야만 했다. 나는 체육복을 갈아입고 운동장에 나가기 전 다시 한 번 가방 지퍼를 반쯤 열어두었다. 새우가 숨 쉬기 힘들까 봐 불안했다.

운동장에 나간 아이들은 이미 줄을 서고 있었다. 나와 몇몇이 뜸을 들였다는 이유로 우리 반 아이들은 내내 기합을 받았다. 반아이들은 야유를 했지만 체육 선생님은 소용이 없었다. 아이들의 눈이 내게로 쏠렸다. 그때 효재와 눈이 마주치고 말았다. 효재는 날 노려보며 넌 죽었어! 하는 입 모양과 함께 가운뎃손가락을 허공에 들어 올렸다. 그 자식을 보자 난 당황이 되었다. 또 빌미 하나를 잡힌 꼴이 되어버렸다. 그래도 신경 쓰지 않기로 했다. 지금은 온통 새우 생각에 그깟 녀석쯤은 문제가 아니었다.

체육 시간이 끝나고 계단을 빠르게 올라갔다. 삼층에 들어서니 복도부터 교실까지 아이들의 웅성거리며 소란스러운 모습이 보였다. 순간 불길한 예감이 들었다. 난 애들을 헤치고 교실로 들어갔다.

"야! 잡아!"

"잡으라고!"

결국 우려했던 일이 터지고 말았다. 잠에서 깨어난 새우가 가방 속에서 튀어나와 교실을 두리번거리다 아이들 눈에 띈 모양이었다. 새우는 칠판 아래 교실 구석까지 몰려 겁먹은 눈을 껌벅이며 다가오는 아이들을 향해 미친 듯이 짖었다. 개가 짖는 소리 때문에 다른 반 아이들까지 우리 교실로 몰렸다.

"그만둬!"

아수라장이 된 상황에 겁이 났지만 나는 벌벌 떨고 있는 새우를 보고 모르는 척할 수 없었다. 나는 조심스럽게 새우에게 다가갔다. 새우는 나를 보자 꼬리를 획획 흔들었다. 나는 새우의 머리를 쓰다듬으며 끌어안았다. 그때 담임이 교실로 들어서며 소리를 질렀다.

"너야? 개를 학교로 데려와 이 소란을 피운 게!"

담임은 나와 새우를 보자 이맛살을 찌푸렸다. 결국 새우 때문에 담임에게 발목을 잡히고 말았다.

"이거 이거 정말 꼴통일세!"

담임이 들고 있던 책으로 내 머리를 한 대 내리쳤다.

"학교에 개를 끌고 온 이유가 뭐야!"

"그게……."

"왜 말을 못해! 너 관심종자야?"

담임은 나를 개까지 끌고 와 애들 관심이나 끌려는 한심한 놈으로 몰았다.

"개가 밤새 끙끙 앓아서 데려왔어요! 곧 죽을 것 같아서요!"

나는 관심종자라는 말에 눈을 치켜뜨며 소리쳤다.

"그걸 지금 말이라고 해! 개가 아프면 나중에 병원에 데려가야지 왜 학교로 와! 하여튼 개 데리고 교실에서 나가. 학교는 공공장

소지 개까지 끌고 와 노는 데가 아니라고. 이 자식 정신 상태가 아주 글렀네."

담임은 전후 사정에 대한 이해도 없이 무조건 소리부터 질렀다. 내 품에서 주눅이 들어 있던 새우가 담임이 내지른 소리에 놀라 거칠게 짖어댔다.

"이주노! 빨리 저 개 데리고 나가! 경비실에 맡기든가 하라고!"

담임은 무슨 노이로제에 걸린 사람마냥 소리를 질렀다.

운동장을 가로질러 경비실로 가는 동안 새우는 숨을 가쁘게 몰아쉬었다. 나는 머리를 쓰다듬으며 새우를 다독여봤으나 거친 호흡이 멈추질 않았다.

경비실 안으로 들어서자 아저씨가 코에 걸친 안경을 추어올리며 놀란 듯 바라보았다.

"무슨 일이니?"

"저 죄송한데 이 개를 수업 끝날 때까지 봐주세요."

"저런…… 개를 학교에 데려왔구나."

"개가 좀 아파요."

나는 기어들어가는 목소리로 말했다.

"그래 무슨 사정인지 모르지만 수업이 끝나거든 데려가라. 아저씨도 개를 키우니까 냄새를 맡고 얘가 안심할 거다."

아저씨는 새우의 머리를 쓰다듬으며 새우를 안아 들었다. 아저씨가 개를 키운다는 말을 들으니 마음 한구석에 안도감이 들었다. 조심스레 아저씨 품에 안긴 새우가 어쩐 일로 짖지 않았다.

점심시간에 예지가 내게 다가왔다.

"너 개는 왜 데려왔어?"

"학교 오는 길에 병원에 맡기려고 했는데 병원 문이 닫혔어."

"그럼 아까 담임한테 말하지 그랬어. 왜 말 안 했어?"

"뭔가 구구절절 설명해야 한다는 게 맘에 안 들었어. 담임의 추궁하는 말투도 싫었고."

"근데 강아지 이름이 뭐니? 귀엽더라."

"새우."

"뭐? 새우? 푸하하하하. 이름이 너무 웃긴다. 너 진짜 이름 한번 재밌게 지었다."

"내가 지은 게 아니라 엄마가 지은 거야. 새우깡을 좋아해서 새우라고 했어."

"근데 새우 어디 아파?"

"심장병."

"안됐다. 그래도 힘내. 요즘 약이 좋아. 애완견들 오래 산대."

"어…… 그래. 그렇겠지."

나는 말끝을 흐렸다.

수업이 끝난 후 경비실로 서둘러 걸음을 옮겼다. 경비실 문을 열고 보니 새우는 두 발로 머리를 가린 채 바닥에서 자고 있었다. 내가 들어서자 눈을 번쩍 뜬 새우는 강렬한 눈빛으로 짖었다. 새우를 안아 올리자 혓바닥을 날름거리며 미친 듯이 내 얼굴을 핥았다. 하지만 그르렁거리는 숨소리는 여전했다.

"이 녀석 숨소리가 거친 게 심상치 않구나. 병원부터 빨리 가려무나."

경비 아저씨는 새우를 걱정스러운 눈빛으로 보며 말했다. 나는 감사하다는 말과 함께 새우를 데리고 학교 교문을 빠져나왔다.

학교를 벗어나자 짓눌렸던 마음이 좀 뚫리는 것 같았다. 새우란 놈은 정말 운이 없다. 주인한테 버려졌고 나쁜 병에도 걸렸고 가난한 엄마에게 발견되었다. 이런 운 없는 놈을 살려줄 사람은 동물 병원 원장밖에 없다.

나도 모르게 병원 앞에서 걸음이 멈췄다. 유리문 밖에서 병원 안을 기웃거렸다. 그 순간 원장과 눈이 마주치고 말았다. 그가 날 보자 유리문을 열고 밖으로 나왔다.

"왜 안 들어오고 서 있어? 이 개가 심장이 안 좋다는 그 개니?"

"…… 네."

"빨리 들어와. 강아지보다 네가 더 아픈 것 같은데……. 어디 보자 어디가 아픈 건가."

원장은 새우를 덥석 안고 병원으로 들어갔다. 원장의 태도가 돈 없다고 진료를 거부할 것 같지는 않았다. 원장은 진료 책상 위에 새우를 눕히고 가슴에 청진기를 대보았다. 청진기를 대보던 원장이 입을 열었다.

"건강한 강아지들에 비해 아마 심장이 두 배나 커져 있을 게다. 호흡이 가쁜 이유도 다 거기에 있어. 좀 더 검사를 해보면 알겠지만 약을 꾸준히 먹으면 살 수는 있단다. 너무 걱정하지 않아도 돼."

"검사비가 비싸겠죠?"

"그렇지. 개들은 의료보험이 없잖아. 일단 정밀 검사부터 해봐야 하니까 부모님 모시고 와. 그때 가서 자세한 얘기는 해줄게."

원장은 내가 평범한 이 동네 아이라고 생각하는 듯했다. 그렇다고 구질구질한 사정을 털어놓기도 어려웠다. 특히 호영이가 계속 신경에 거슬렸다. 그래도 새우의 상황을 솔직하게 말해야 도움을 받을 수 있을 것 같았다. 나는 숨을 크게 들이쉬고 마음을 굳게 먹으며 입을 열었다.

"저…… 선생님, 새우는 원래 떠돌이 개거든요. 저희 집에는 이런 유기견들이 아주 많아요. 개들 사료 값 대기도 벅찰 정도예요. 그래서 부탁인데요…… 선생님께서…… 새우한테 도움을 주면 안 될까요?"

원장은 내 말이 끝나기가 무섭게 온화하던 얼굴빛이 굳어졌다. 원장의 표정이 바뀌는 동안 내 입은 무거운 추를 달아놓은 것처럼 느껴졌다. 잠시 침묵하던 원장의 입이 열렸다.

"지금 나더러 유기견 후견인이 돼달라는 말이지?"

"사실 돈을 내고 치료하고 싶지만 그럴 형편이 못돼요."

원장은 잠시 날 바라보더니 물었다.

"네 이름이 뭐라고 했지?"

"저…… 저요?"

다시금 이름을 물어보는 원장의 질문에 당황이 되었다.

"그럼 여기 너 말고 누가 있니?"

"이름은 왜요?"

"이름조차 말할 수 없다는 거니?"

"어…… 이주노예요."

"이주노, 어디서 많이 들어본 이름인데…… 어디더라."

"예전에 서태지와 아이들 멤버였던 이주노요."

"맞아. 춤 잘 추고 얼굴 까만 그 이주노."

원장은 내 이름의 의미를 되새기며 말을 이어갔다.

"이주노, 내 말 잘 들어봐. 넌 세상을 네 맘대로 생각하는 거 알아? 세상이 자연의 이치대로 움직일 거라고 믿지?"

원장은 진지한 표정을 지으며 고개를 설레설레 흔들었다.

"네 말대로 유기견들을 돌봐주면 좋겠지만 난 그럴 수 없단다. 네게 이런 말하긴 좀 뭐하지만 세상은 그런 인정이나 규칙 따위로 돌아가는 게 아니거든."

새우의 무료 진료를 거절하는 방법치곤 치사하게 너무 어려운 말들만 골라 했다. 알아들을 수 없는 논술 문제 같은 말이었다. 새우만 아니라면 병원 문을 박차고 나오고 싶은 심정이었다. 개 한 마리를 무료로 치료하는 데 설교 조의 잔소리를 들어야 한다는 건 너무 괴로운 일이다.

"그래도 의사는 누구든 고쳐야 되는 거잖아요."

"누군가를 고치는 건 맞지만 무료 진료를 하진 않아. 이것도 장사라고 봐야지. 개는 이제 데려가렴. 모든 개들은 자기 수명대로 살다 가는 게 순리야. 그러니 억지로 수명을 연장할 필요가 있겠니? 더구나 넌 돈도 없잖아. 이 개에게 넌 할 만큼 했어. 최소한의 약은 내가 지어주마. 그나마 약을 주는 것도 네가 하기 힘든 말을 용기 있게 꺼냈기 때문이야. 난 아무에게나 자비를 베풀지는 않거든."

원장은 이제 할 말을 다했다는 듯이 조제실로 들어갔다.

잠시 후 원장은 약봉지를 내게 건네며 말했다.

"하루에 두 번, 시간 맞춰 주거라. 이 약이 떨어지거든 다시는 오지 말고. 이 개가 정 힘들어한다면 안락사 정도는 내가 도울 순 있겠지. 개의 고통을 줄여주는 것도 개 주인이 할 수 있는 배려거든."

저 재수 없는 인간은 의사가 아니라 장사꾼이 분명했다. 히포크라테스 선서인지 뭔지는 이 인간에게 하나도 통하지 않는 선서였다. 새우는 내 품에서 가쁜 숨을 쌕쌕거렸다. 그런 새우를 보자 더욱 화가 치밀었다.

'새우야, 나 원망 마라. 난 자존심 다 뭉개고 할 만치 했다.'

모멸감이 느껴졌다. 이 모든 건 엄마의 오지랖 때문이다. 내 코가 석 자인 줄도 모르고 떡하니 개들을 집으로 끌고 온 막무가내 엄마가 그놈의 오지랖을 버려야 우리가 살 수 있다.

버스로 돌아온 후 원장이 호의라고 베푼 안락사에 대해 곰곰이 생각해보았다. 얼마 전 TV 프로그램 〈동물 농장〉에서 방송된 유기견 이야기가 떠올랐다. 사람들이 휴가 때마다 욕지도란 섬으로 놀러 와 애완견들을 버리고 가는 통에 섬이 온통 유기견 소굴이 되어버렸다는 내용이었다. 개들은 주인의 손에 이끌려 와 낯선 섬에 버려져 로드킬을 당하거나 야생동물에게 잡아 먹혔다. 쥐약을 먹고 비참하게 죽어가는 일들도 허다했다. 이런 일들은 섬 주민의 증언을 통해 알 수 있었다. 새우를 안락사하는 게 최선일까. 갑자기 내가 섬에 개를 버린 사람보다 더 나쁜 인간 같았다.

정글의 법칙

"야! 새꺄, 화장실로 따라와! 도망갔다간 넌 옥수수 털릴 줄 알아라!"

밥통들 가운데 귀에 피어싱을 한 녀석이 강효재의 호출을 알렸다. 뭔가 감이 잡혔다. 담임은 아침부터 효재를 호출했다. 담임이 예지 일로 효재를 추궁한 게 분명했다. 남자 화장실 쪽으로 피어싱을 따라갔다. 화장실 안에는 효재 외에는 아무도 없었다. 효재는 담배 연기를 내뿜으며 나를 노려보았다. 풀어진 교복 와이셔츠 사이로 금색 십자가가 반짝거렸다. 난 침을 한 번 삼키며 효재 앞으로 다가갔다. 효재는 피우던 담배를 신경질적으로 바닥에 던졌다.

"야, 너 왜 불렀는지 알지?"

효재가 나직하게 물었다.

"불렀냐."

난 의연하게 대답했다.

"이 새끼가…… 이주노! 잘 들어. 내가 제일 싫어하는 새끼가 어떤 새낀 줄 알아? 뒤로 호박씨 까는 새끼야! 좆도 없으면서 의리 있고 정의감 있는 것처럼 행동하는 새끼들 말야. 내 앞에서는 빌빌거리는 새끼가 뒤에서 꼰질러? 야! 니가 담탱이 똘마니라도 되냐? 그런다고 예지가 손이라도 잡아줄 줄 알아? 새꺄!"

픽! 픽!

순간 내 얼굴로 주먹이 훅 하고 날아왔다. 양팔을 똘마니들이 잡고 있어 피할 수도 없었다. 심장이 파닥거렸다. 효재에게 숨기고 싶은 맘을 들켜버린 것 같았다. 예지를 위해서 할 수 있는 일이 고작 담임에게 알리는 일이었다. 효재의 한 방이 오히려 시원했다. 효재가 내 비겁함을 혼내주는 것 같았다. 주먹은 몇 대 더 얼굴로 날아왔다. 입술에서 뜨거운 액체가 흘렀다. 손으로 입술을 쓸어내렸다. 붉은색 피가 손등에 묻어 있었다. 다시 또 주먹이 내게로 날아오자 나는 그 팔목을 잡았다.

"강효재! 다신 예지…… 괴롭히지 마라!"

"어쭈, 이게 덜 맞았나?"

"예지 핸드폰 돌려줘라."

"야, 이 새꺄. 핸드폰 벌써 돌려줬다. 너 예지랑 사귀냐? 사귀냐고? 예지 완전 여우야! 난 그런 여자애들 속을 다 알지. 미국에 있을 때 그런 여자애들 여럿 봤다. 남자애들 살살 꼬드겨 자기편으로 만들고 다른 놈들한테도 질투 유발에 동정심까지. 정신 좀 차려! 새꺄."

그때 3교시 시작을 알리는 수업종이 울렸다.

"너, 오늘은 여기까지다. 담에 한번만 더 고자질했다간 뒈질 줄 알아."

밥통들이 빠져나간 후 타일 벽에 기대 삐걱대는 화장실 문을 주먹으로 한 대 갈겼다. 손등에 불이 난 것처럼 후끈거렸다.

수업이 끝난 후 교문 앞에서 예지를 기다렸다. 얼마 전 은행에서 예지가 내게 하려던 말이 떠올랐다. 예지가 혹시 밥통들 이야기를 꺼낼지도 모른다는 생각이 들었다. 예지는 애들이 다 빠져나간 후에야 나타났다. 예지의 가느다란 팔목이 흐느적거리는 게 힘이 없어 보였다.

"황예지!"

예지는 교문 앞에 서 있는 나를 보자 고개를 돌렸다.

"너 언제부터 밥통들한테 시달렸냐?"

"전학 첫날부터."

예지는 굳은 얼굴로 땅을 바라보며 말했다.

"힘들었겠다. 난 그것도 모르고……."

"미안하긴…… 근데 너 얼굴 꼴이 왜 그래?

"이…… 이거……."

"너…… 혹시 강효재한테?"

"아…… 아냐."

"그럼?"

"체육 쌤한테 대들었다고 한 대 맞은 거야."

난 효재에게 얻어터진 사실을 들키고 싶지 않아 거짓말을 했다.

"그러게 쌤한테 왜 대들어."

"…… 어. 뭐 그렇게 됐어."

난 말을 얼버무리고 말았지만 나약한 내 모습이 싫었다.

"오늘 집까지 데려다줄게. 밥통들이 따라와 괴롭힐지도 모르니까."

"밥통? 혹시 강효재 말하는 거야?"

"아…… 난 비오비라고 안 부르고 밥통이라고 불러."

예지가 깔깔 웃으며 말했다.

"그래, 유치찬란한 비오비보다 밥통이 훨씬 낫다."

예지는 밥통이란 말을 재미있어했다. 밝아진 예지의 모습을 보자 마음이 놓였다.

우린 아파트 단지 사잇길을 걸었다.

"이주노, 너 첫인상이 어땠는지 알아?"

"어땠는데?"

"너도 나처럼 지방에서 전학 왔는 줄 알았거든."

"뭐어? 날 촌놈으로 본 거네."

"왜? 싫어?"

"아니…… 뭐…….."

예지가 날 촌놈으로 봤다는 말에 할 말이 없었다. 예지의 눈이 정확했다. 난 언제나 아닌 척을 하려고 너스레를 떨어댔지만 역시 이 동네와는 어울리지 않았다. 호랑이인 척하는 고양이였다. 어쩌면 고양이도 아닌 쥐인지도 모른다.

"너 전학 온 거 후회하니?"

난 예지에게 무심코 이런 질문을 했다.

"사실 난 통영이 좋아서 서울 올 생각 없었어. 여긴 친구도 바다도 없거든."

"그런데 왜 왔어?"

"우리 아빠 등쌀에 올 수밖에 없었어. 아빠는 날 이 학교에 보낸 걸 아주 자랑스러워해. 내가 이래 봬도 통영에서 좀 잘나갔거든."

"근데 성적 꼬리표 받아보고 약간 충격이야. 이럴 거면 그냥 통영에 있을 걸 그랬나 봐."

"첫 시험에 벌써 기 죽냐!"

"아빠가 비싼 오피스텔까지 얻어줬는데 미안하잖아."

"뭐야? 이거 완전 엄친 딸이네. 엄살떨지 마."

"야! 엄살처럼 보이니? 나 심각해."

"아빠한테 밥통들이 괴롭힌다고 말해봐."

"애들한테 따돌림 당하고 있다는 사실을 알면 아빠 성격에 당장 학교 찾아와 난리 칠걸. 그래서 아빠한테 말도 못해."

"아, 진짜! 행복한 고민이네!"

"뭐? 그 얘기가 아니잖아."

"하긴 우린 동족이다."

"뭐? 동족?"

"이 동네와 어쩐지 안 어울리는 멘탈, 그리고 외톨이……."

그 말이 떨어지자 예지는 웃음을 참지 못하고 깔깔거렸다.

"이 동네 애들 가끔 보면 심장이 없는 애들같이 보일 때가 있어."

"심장 없는 인간이 어딨냐!"

"으이구! 그런 심장 말고 뛰는 가슴, 이거 이거!"

예지는 답답한지 내 가슴에 주먹 방망이질을 해댔다.

예지와 이런저런 얘기를 하다 보니 어느새 오피스텔 앞에 도착했다.

"예지야! 애들이 괴롭히면 혼자 끙끙 앓지 말고 나한테 말해."

"말하면 무슨 힘 있어? 또 맞게?"

"너…… 알고 있었니?"

예지는 대답 대신 씽긋 웃으며 현관 로비로 들어갔다. 예지는 밥통들에게 맞은 사실을 알고도 모른 척했다. 예지는 내가 알고 있는 것보다 훨씬 속이 깊은 아이라는 사실을 오늘 알았다.

버스로 돌아와 보니 공터에 낯선 사람들이 모여 웅성거렸다. 개들은 경계의 눈빛으로 낯선 사람들을 향해 거세게 짖었다. 엄마는 그들과 다투느라 내가 온지도 몰랐다.

"아줌마! 이 개들 당장 치우지 못해요! 이런 도심에 개 사육장이 있어도 되는 거냐구!"

"그런 당신은 땅 주인이라도 돼? 아니잖아!"

엄마는 기죽지 않고 목청을 더 높였다. 가만히 보니까 은행 쪽 사람들 같았다.

"저 개들 때문에 모기가 꼬이는 건 물론이고 오물 냄새 때문에 손님들 항의가 만만치 않다고요!"

"당신들은 똥 안 싸?"

"뭐요? 이 아줌마 말이면 단 줄 알아! 말이 안 통하는 사람이네!"

남자 직원들이 엄마와의 말씨름에 지친 표정이 역력했다.

"진짜 이 아줌마랑 상종 못하겠네. 구청에다 진정서 넣을 테니 개들과 함께 떠날 준비나 해두쇼!"

엄마와 설전을 벌이던 사람들은 최후통첩을 하고 흩어졌다. 엄마는 아무 일도 없다는 듯이 슬리퍼를 직직 끌고 버스 앞쪽 계단에 앉아 담배를 입에 물었다. 엄마 역시 싸우느라 녹초가 된 듯했다.

"이제 별놈의 인간들이 다 짖어대네. 너도 분명히 봤지. 우릴 내쫓으려는 저 인간들, 버스에서 사는 줄 뻔히 알면서 저 지랄을 떠는 것 봐. 돈 좀 만진다고 사람 무시하는 거야 뭐야!"

"엄마가 저 개새끼들 엄마라도 돼? 저 사람들 말도 맞잖아. 다저 개새끼들 때문에 이런 일이 일어나는 거라고. 그래서 사람들이 우릴 무시하는 거구. 쟤네들 애견 보호소로 당장 보내버려! 버스에서 쫓겨나면 이제 어쩔 거야! 엄마가 못하면 내가 할 거야! 오늘밤 저 개 줄 다 풀어버릴 줄 알아!"

"야! 이주노! 너 이제 막나가겠다는 거야 뭐야. 아빠가 있었으면 넌 죽었어! 누구 맘대로 개 줄을 풀어! 너 쟤네 눈을 좀 봐. 얼마나 똘망거려! 근데 개 줄 풀면 다 개죽음 되는 거야. 쟤네들 살아 숨 쉬는 거 안 보여? 쟤네들도 너랑 같은 생명이야! 살고 싶어 한다고! 내 눈에 흙 들어가기 전에 쟤네들 죽는 꼴 못 봐. 알아!"

엄마는 생명까지 운운하면서 아들을 순식간에 살인자로 만들어버렸다.

"개 줄 풀어버리는 날엔 넌 내 아들도 아냐! 엄마하고 인연 끊고 싶으면 그러든가! 이젠…… 아들놈까지…… 엄마를 우습게 아네."

엄마는 내 말이 못내 서운했는지 울먹울먹거리며 말했다. 엄마 눈에는 아들은 보이지 않고 오로지 개들만 보이는 것 같았다. 결국 나만 또 나쁜 놈이 되고 말았다.

"주노야, 빨랑 일어나봐. 개들이 심상치 않아."

엄마가 내 몸을 흔들어 깨웠다. 눈을 뜨자 밖에서 컹컹컹 날카롭게 개 짖는 소리가 귓전에 들렸다. 엄마는 손전등을 켜고 버스 밖으로 나갔다. 나도 뒤따라 밖으로 나가니 어둠 속에서 엄마의 당황한 목소리가 들렸다.

"이를 어째!"

개들 쪽으로 다가가자 열무와 부슬이, 해롱이가 보이지 않았다. 바닥에는 개 목줄이 풀려 있었다. 누군가 작정하고 개들을 풀어놓다가 엄마가 랜턴을 비추자 달아난 것 같았다.

"해롱아! 열무야! 부슬아!"

엄마는 미친 듯이 개들의 이름을 부르며 도로와 골목길을 뒤졌다. 나 역시 도로와 길 건너 공원 쪽을 뒤졌다.

"해롱아! 부슬아! 열무야!"

나는 어두운 밤하늘에 대고 소리를 질렀다. 개들이 보이지 않자 나 역시 마음이 조급해지며 불안하기 시작했다. 캄캄한 밤이라 골목골목마다 개들이 숨어들면 그만이었다. 한 시간을 그렇게 동네를 뒤지고 다녔지만 세 마리의 개는 끝까지 보이지 않았다.

버스로 돌아와 보니 엄마 역시 개들을 찾지 못한 채 담벼락에 주저앉아 있었다.

"나쁜 인간들, 분명 은행 직원들이 한 짓이 분명해. 너 대신 그 사람들이 개들 풀어줬다. 이제 속이 시원하니? 이주노!"

엄마는 강퍅해진 목소리로 소리쳤다. 나는 엄마의 억지에 가슴이 터질 것 같아 담벼락을 주먹으로 한 대 쳤다.

"나더러 어쩌라구! 개들이 사라진 걸 왜 내 탓을 해!"

"세상에서 제일 모진 게 인간이라더니, 어떤 인간이 저 개 줄을 풀은 거야?"

엄마의 흥분된 목소리는 분노로 떨리고 있었다.

"개들이 여길 기억하고 다시 올지도 몰라."

나는 퉁명스럽게 대꾸했다. 누군가 어제 내가 한 말을 듣기라도 한 듯 정말 황당했다. 개들이 다시 이 공터로 돌아올 것이라는 믿음을 갖고 싶었다. 다행히 엄마도 그 말에 반박은 하지 않았다.

며칠이 지나도 개들의 소식은 들을 수 없었다. 학교 가는 길에도 개들을 찾아보았지만 흔적이 없었다. 엄마는 날마다 밥만 먹으면 개들이 어디 있나 샅샅이 동네를 뒤지고 다녔다.

일요일, 아침부터 웬 아주머니가 작은 상자를 안고 공터 입구를 서성거렸다. 엄마는 기웃거리는 아줌마를 발견하고 그 앞으로 다가갔다.

"여기에 뭐 볼일 있어요?"

"저…… 혹시 이 개가 여기 개가 맞는지 해서 와봤어요."

"개요? 개를 데려왔어요?"

엄마의 목소리가 떨렸다.

"오늘 아침 우리 골목 모퉁이에 이 개가 쓰러져 있어 봤더니 죽어 있더군요. 나도 개 키우는 사람이라 남의 일 같지 않아서요. 누가 여기를 알려주더군요."

아줌마가 건네준 상자를 엄마는 조심스럽게 열었다. 그 안에 신문지로 싸인 무언가 보였다. 신문지를 걷어내자 피투성이가 된 열무가 죽은 채 있었다. 다리 쪽 뼈가 드러날 정도로 완전히 까져 있어서 보기에도 끔찍했다.

"열무야! 우리 열무 맞아요!"

엄마는 열무를 보자마자 울음을 터뜨렸다. 나도 열무의 처참한 모습을 보고 있자니 목구멍에서 뜨거운 것이 치밀어 올랐다.

"조금만 일찍 손을 썼어도 살릴 수 있었을 텐데, 아마 교통사고 후 시간이 너무 흐른 것 같아요."

엄마의 울음소리를 들은 아줌마가 안타깝다는 듯이 말했다.

"개도 생명인데…… 거들떠도 안 보고 뺑소니를 치다니……."

엄마는 열무를 보고 울먹이며 혼잣말을 했다.

아줌마가 돌아간 후 엄마는 넋이 나간 사람처럼 죽은 열무를 한동안 바라봤다. 말이 없던 엄마가 땅이 꺼질 듯이 한숨을 쉬더니 입을 열었다.

"열무 장례는 치러줘야지. 개죽음을 당했지만 눈이라도 편히 감으라고……."

엄마와 나는 열무가 담긴 상자를 안고 다섯 정거장 떨어져 있는 용안산으로 올라갔다. 십오분 정도 걷다 보니 산 아래 집들이 훤히 내려다보였다. 엄마는 우리 동네가 잘 보이는 곳에 있는 소나무를 골라 그 옆을 모종삽으로 힘겹게 팠다.

"내가 팔게."

나는 엄마가 쥐고 있던 모종삽을 뺏어 구덩이를 팠다. 땅속에 작은 돌들이 많아 삽이 걸리는 바람에 손에 생채기가 났지만 아프지는 않았다. 한참을 파 내려가니 구덩이가 만들어졌다. 신문에 둘둘 말려 있던 열무의 사체를 상자 속에서 조심스럽게 들어 구덩이에 넣고 흙을 덮어주었다.

"다음 생에는 절대 개로 태어나지 마라 열무야. 흑…… 흑…… 흑."

열무의 사체를 흙으로 다 덮자 엄마가 또다시 흐느꼈다.

열무의 무덤이 모습을 드러내는 동안 마음에 이상한 분노가 일

렁였다. 이 녀석도 한때는 주인의 사랑을 받았던 놈인데 왜 버려졌는지, 어디서 왔는지, 이름이 무엇이었는지 나는 알지 못했다. 다만 열무가 누군가의 체온을 기억하며 무지개다리를 건너기를 바랄 뿐이었다. 나는 열무에게 이상한 죄책감이 생겼다. 개들을 거리에 풀어줘버리자고 했던 말 때문에 열무가 죽은 것 같았다. 그리고 아직도 돌아오지 않은 해롱이와 부슬이에게도 미안한 마음이 들었다. 세상은 버려진 개들에게는 절대 친절하지 않다는 엄마의 말이 맞았다. 열무의 무덤에 열무가 즐겨먹던 열무 줄기를 흙 속에 꽃처럼 심어줬다. 열무 줄기 옆에 엄마는 담배 한 개비를 꽂는 것도 잊지 않았다. 나는 작은 나무 팻말에 검정 매직으로 '열무, 여기 잠들다'라는 건조한 문장을 써서 꽂아두었다.

"톡톡톡."

누군가 아침부터 버스 창문을 두드렸다. 나는 그 소리에 잠이 깨고 말았다. 버스 안에 사람이 있는지 확인하는 것 같았다. 엄마도 주디도 보이지 않았다. 아마 물을 뜨려고 은행 화장실에 간 모양이다. 나는 이불을 걷어내고 버스 밖으로 나왔다.

"너 혹시 여기 사니?"

내가 버스 문을 열고 나오자 자주색 재킷을 입은 여자가 물었다.

"네. 근데 왜요?"

"그럼 저 개들 너희가 키우는 게 맞니?"

이번엔 남자가 범인을 취조하듯 꼬치꼬치 물었다.

"우린 유기견 보호소에서 나왔는데 괜찮다면 버스 안에 잠깐 들어가도 될까?"

조사원처럼 보이는 낯선 사람들을 버스 안으로 안내했다. 그들은 버스 안으로 들어오더니 곁눈질을 하며 중얼거렸다.

"어머! 세상에!"

"너 진짜 여기서 사는 거 맞구나!"

자주색 재킷을 입은 여자가 버스 안의 옹색한 살림살이들을 보고 감탄사를 연발했다. 난 드디어 올 것이 왔구나 하는 생각에 덜컥 겁이 났다.

"구청에서도 들렀다는 얘기 들었어. 이런 데서 많은 개들을 키우기 어렵다는 건 알지? 그래서 우리가 그 문제를 해결하면 어떨까 해."

"그건 좋지만…… 음……."

난 그들이 저 개들을 데려간다는 데 당연히 찬성했지만 엄마의 성난 얼굴이 떠올라 머뭇거렸다.

"왜? 말하기 곤란하니?"

남자와 여자는 심각한 표정을 지으며 물었다.

"사실 제 맘대로 결정할 수 없어서요."

"저 개들은 너희가 처음부터 키운 거니?"

"아뇨. 모두 엄마가 길에서 데려왔어요."

"엄마가 무척 사랑이 많은 분이구나. 동물을 거두는 사람들은 다 마음이 따뜻한 사람들이야. 더구나 거리에 방치된 유기견을 거두는 건 훌륭한 일이지. 근데 뜻은 좋지만 이런 데다 개들을 방치해두면 지나가는 사람들에게도 위협적이고 동물들도 불안해한단다."

"아저씨가 쟤네들 데려가 살릴 수 있어요?"

"그건 뭐……."

남자가 말끝을 흐렸다.

"엄마는 유기견 보호소에 가면 개들이 곧 죽는다는 걸 알기 때문에 절대 안 보낼 거예요."

"너 세상에 유기견들이 얼마나 많은지 아니? 그 많은 개들을 보호해줄 시설도 부족하지만 인력도 한계가 있어."

사실 마음 같아서는 당장 저 개들을 모두 다 끌고 가라는 말이 목구멍에서 불쑥 나올 것만 같았다.

그때 버스 앞문이 거칠게 열렸다. 엄마였다.

"당신들 뭐야? 뭣 때문에 남의 허락도 없이 애만 있는 곳에 발을 들여놔!"

엄마는 버스 안에 낯선 사람들이 와 있는 걸 보고 몹시 놀란 모양이었다.

"저희는 애완견 보호단체에서 나왔는데요."

"아! 애완견 살인 센터. 동물 죄다 수거해 한꺼번에 죽이는 곳?"

엄마는 배배 꼬인 말투로 듣는 사람의 화를 돋우었다.

"어머니, 그런 게 아닌데……."

"그런 게 아니면 나가주세요. 저 개들을 절대 보낼 수 없어요."

"이유라도 있으세요?"

"이유요? 이유 같은 게 왜 필요하죠? 댁은 자식 키우는 데 이유 있어서 키워요? 쟤네들 꼴이 저래도 내 자식들 같아요. 그래도 여기 있으면 언제든 자기 명대로는 살거든요."

"어머님 뜻은 알지만 저렇게 데리고만 있다고 능사는 아니에요. 주변에 소음도 있고요. 개들이 건강하게 살 수 없다면 그것도 어떻게 보면 학대예요."

"학대요? 제가요? 하! 기가 막히네."

"어머님, 동물을 관리도 안 하면서 좁은 공간에 가둬 두거나 방치하는 것도 학대에 포함돼요."

"난 그런 어려운 말 몰라요. 때 되면 밥 주고 재웠어요. 힘에 부쳐 지들끼리 놔둔 건 있어도 마음으로 학대한 적 없네요."

"시간을 두고 한번 생각해보시고요. 이거 저희 명함인데 생각 바뀌시면 연락주세요. 좋은 쪽으로 결정하시면 좋겠네요."

남자가 내게 명함을 건넸다.

"너도 엄마 옆에서 설득 좀 하렴."

애완견 보호단체 직원은 난감한 표정을 지으며 더 이상 엄마를 설득하지 못하고 버스 밖으로 나갔다. 그들이 나가자 엄마는 내 손에 들려 있던 명함을 확 뺏었다.

"이런 건 갖고 있어봤자 쓰레기만 돼."

엄마는 뺏은 명함을 갈기갈기 찢어 창밖에 버렸다. 참 엄마다운 행동이었다.

"엄마, 이번 기회에 잘 생각해봐. 거기서 입양될 수도 있잖아."

난 이번에는 애원조로 엄마에게 말했다.

"내 말 잘 들어. 저런 얼간이 같은 인간들에게 우리 개들 못 내 준다. 명심해. 저 사람들은 오로지 월급이 목적이지, 개들의 목숨 따위에 관심 없는 인간들이라구! 알아?"

"엄마는 너무 부정적이야."

"부정적인 게 아니라 이건 현실이야."

"우린 언젠가 개들을 보낼 수밖에 없다고! 정부 보조금 받아 간신히 살면서 떠돌이 개들까지 엄마가 책임진다는 게 말이 돼? 나도 저 개들을 보내고 싶지 않아. 근데 열무도 부슬이도 해롱이도 결국 책임지지 못했잖아! 남아 있는 개들도 결국은……."

"그만! 그만하라고! 어찌 됐든 난 개들을 보낼 수 없어!"

엄마는 끝까지 내 말에 귀 기울이지 않았다. 엄마는 개 문제에 있어서만큼은 고집 센 투사였다.

　점심시간에 예지가 비상계단으로 날 조용히 불렀다.

　"보여줄 게 있어."

　"뭔데?"

　"이거 봐봐."

　예지는 소맷부리를 팔뚝 위로 조금 올려 보였다. 팔뚝 위로 검은색과 카키색이 섞인 전갈 문신이 보였다.

　"이거 문신이잖아."

　"문신은 아니고 타투 스티커야. 어때?"

　"이놈 독 좀 품고 있는데."

　"그래? 이 전갈 이름이 뭔지 알아?"

　"몰라."

　"사막전갈, 데저트 헤어리! 어때, 이름도 간지나지? 이놈은 아무리 사막 바람이 불고 건조해도 끝까지 생명을 지킨대."

　"완전 간지나네. 나한테도 분양 좀 해라."

　"그럴까? 근데 이 전갈은 탈피를 해야 독이 더 강해진대."

　"전갈도 탈피해?"

　"탈피하면 사이즈가 커지거든. 사막에서 살아남으려면 탈피할 때까지 견뎌야 하거든."

"예지 너 이제 힘이 좀 생기겠는 걸."

예지는 내 오른쪽 팔뚝 위에 전갈 문신의 스티커를 붙이고 오랫
동안 손가락으로 문질렀다. 스티커를 떼어보니 예지와 똑같은 독
성이 강한 전갈 문신이 새겨져 있었다. 예지와 내가 마치 동지가
된 느낌이었다.

"데저트 헤어리!"

"데저트 헤어리!"

예지와 나는 주먹을 장난스럽게 맞대고 키득거렸다.

교실로 돌아와 보니 쉬는 시간을 이용해 호영이가 전자 기타를
연주하고 있었다. 3교시에 있을 음악 수행 평가에 전자 기타를 연
주하려는 모양이다. 빨간빛의 전자 기타는 보기에도 날렵하고 멋
졌다. 호영이가 빠른 손놀림으로 줄을 튕겼다. 한눈에 보기에도 밴
드의 기타리스트 같았다. 꽝꽝거리는 사운드가 교실을 울렸다. 시
크한 음색에 가슴이 울렁거렸다. 내 자리로 돌아와 책상 서랍 안
에서 리코더를 꺼내 만지작거렸다. 내가 다룰 수 있는 악기는 초
등학교 때부터 다루던 손때 묻은 리코더였다. 리코더를 입에 대고
소리를 내며 불어보았지만 기타 소리에 묻혀 소리가 매우 작게 들
렸다. 내가 준비한 곡은 작년에 시험을 봤던 '하울의 움직이는 성'
을 다시 선곡했다. 새로운 곡을 연주할 엄두가 나지 않았다.

수업 시작종이 울리고 음악 선생님이 들어오셨다. 반 번호 순서

대로 나와 자신의 악기로 연주하며 시험을 치르는 시간이었다. 내 짝 준수가 먼저 나갔다. 준수는 오케스트라 반에서 오랫동안 활동해 바이올린 연주를 꽤 잘하는 편이었다. 선배들의 졸업식이 있는 날에는 항상 오케스트라의 반주에 맞춰 후배들이 노래를 부르곤 했다. 악기를 다루는 준수는 언제나 내가 뚫을 수 없는 벽 같은 존재였다. 다음 순서로 효재가 하모니카를 들고 나왔다. 효재의 하모니카 실력은 상상을 뛰어넘었다. 들리는 소문에는 유명한 하모니카 연주자에게 삼년 간 레슨을 받아 대회에도 나가서 수상했다고한다. 소문대로 효재의 하모니카 부는 실력은 아마추어가 아니었다. 음악 선생님은 눈까지 지그시 감고 연주를 감상했다. 음악 선생님이 높은 점수를 주는 기준은 언제나 희귀 악기를 부는 순서였다. 예상대로 지금까지는 효재의 성적이 가장 높았다. 다음은 내 차례였다. 전날 버스에서 몇 번 불어보기는 했으나 엄마의 잔소리에 그만 연습을 집어치웠다. 리코더를 부는 애들도 간간히 있었지만 모두 시험 기간에 개인적으로 레슨을 받다 보니 나와는 차원이 다른솜씨였다. 작은 리코더를 들고 나가는 손에 땀이 나기 시작했다.

교탁 앞에 서자 제일 먼저 예지가 눈에 띄었다. 난 마음을 굳게 먹고 눈을 감았다. 리코더에 손을 얹고 입에 힘을 주었다. 그리고 예지를 머릿속으로 떠올렸다. 음악 점수를 잘 받는 것보다 예지가 내 연주를 듣고 있다는 사실에 신경이 쓰였다. 연주를 하는 동안 내내 예지의 얼굴을 떠올렸다. 예지가 날 향해 해맑게 웃는 모습이 눈을 감는 내내 흐릿하게 떠올랐다. 그러는 사이 어느새 연주가 끝났고 음악 선생님의 평이 이어졌다.

"감정이 살아 있어 듣기가 좋구나. 대신 리듬을 잠깐 놓친 부분이 조금 아쉬웠어."

내가 자리로 돌아오자마자 예지가 처음 보는 악기를 들고 교탁으로 나왔다.

"어머! 예지는 해금을 들고 나왔네."

선생님의 설명을 듣고 예지가 들고 나온 악기가 해금인지 알았다. 국악기를 들고 나온 예지는 뭔가 달라 보였다. 예지가 눈을 감고 활대를 조용히 움직이는 모습이 하늘에서 내려온 선녀 같았다. '달빛'이라는 곡이었다. 동양적인 멜로디의 슬픈 음색이 듣는 내내 마음을 울렸다. 예지의 연주하는 모습은 달빛 아래에 서 있는 선녀처럼 단아했다. 연주가 끝나자 우레와 같은 박수 소리가 터졌다. 아이들도 예지의 연주에 감동을 받은 모양이었다. 난 예지가 자리로 돌아올 때까지 박수를 힘차게 쳤다. '예지야, 잘했어!' 음악 선생님도 예지의 연주에 감탄하며 칭찬을 아끼지 않았다. 예지는 음악 수행평가에서 효재를 누르고 최고점을 받았다.

쉬는 시간에 예지와 복도에서 마주쳤다.

"황예지, 해금 연주 끝내주더라. 일등 먹은 거 축하해!"

"헤헤 고마워!"

"해금은 언제부터 배웠어?"

"초등학교 때. 엄마가 해금 소리를 유난히 좋아했거든. 마침 동네에 해금을 연주하는 선생님이 살고 계셨어. 그래도 실력은 완전 꽝이야. 엄마는 내 연주 소리를 들으면 몸의 통증이 사라지는 느낌이랬어. 그래서 아까 엄마 생각하면서 연주했어."

"어쩐지 영혼의 소리가 내 귀까지 들리더라."

난 장난기 있게 대꾸했다.

"너도 잘했어."

"정말?"

"응. 그 곡 내가 좋아하는 곡이거든."

"그래?"

난 예지의 칭찬에 춤이라도 출 것같이 기분이 좋았다.

"나도 누구 생각하면서 연주했는데."

"누군데?"

"으음. 맞춰봐."

"글쎄 누구지?"

"어! 풍경 좋은데."

누군가 했더니 밥통 패거리였다. 그들은 나와 예지를 가운데 두고 빙 둘러섰다.

"황예지, 너 오늘 한 건 했더라. 너 동네 문화센터에서 배웠지? 그래 어디 그 대단한 악기 좀 보자."

강효재는 예지가 들고 있던 해금 케이스를 우악스럽게 뺏었다.

"돌려줘!"

"얼마나 대단한 악기인지 좀 구경하자고!"

효재는 악기 케이스를 열고 기어이 해금을 꺼내 들었다.

"야, 이거 다시 함 해봐라. 어떻게 하는 건지. 아까처럼 내숭 떨면서 해봐!"

효재는 해금을 꺼내 들고 활대를 아무렇게나 줄과 줄 사이에 대고 흔들어댔다.

"야! 달라고!"

난 강효재에게 버럭 소리를 질렀다.

"뭐야 너. 가재는 게 편이라고, 지금 편드는 거야?"

"이건 예지 거잖아!"

"야! 이주노. 너 얠 위해서 별이라도 따줄 태세다?"

효재가 해금을 갖고 약을 올리듯이 줄을 튕기며 까칠하게 나를 쏘아보았다.

"좋아! 얠 위해선 뭐든 할 수 있다 이거지. 니 손으로 이거 직접 뺏어봐. 어서! 그럼 돌려줄게. 이걸 뺏어서 예지 손에 쥐어주든가. 새끼야!"

난 순간 눈에서 불꽃이 튀었다. 보이는 건 오로지 예지의 해금뿐이었다. 갑자기 알 수 없는 힘이 손에 쥐어졌다. 운동이라고는 초등학교 3학년까지 다녔던 태권도가 고작이었다.

"픽! 픽!"

순간 내 손이 아니라 효재의 주먹이 먼저 사정없이 내게로 날아들었다. 뜨거운 불길이 얼굴로 확 뻗치는 듯했다. 난 효재의 왼손에 있는 해금을 노려보았다. 당장이라도 바닥에 내동댕이칠 태세였다. 난 효재를 향해 몸을 던졌다. 순간 효재가 내 몸의 반동에 의해 바닥으로 쓰러지며 해금의 가느다란 몸통이 벽에 부딪치고 말았다. 쩍 갈라지는 소리가 내 귀를 스쳤다.

"꺄아아아아아악!"

예지가 찢어지는 듯한 비명을 질렀다. 순간 엉겨 있던 나와 효재는 예지의 비명으로 동작을 멈췄다. 예지가 굳어진 얼굴로 쪼개진 해금을 멍하니 바라보았다. 순간 시간이 멈춘 것처럼 모든 게 고요했다. 해금을 찾아주겠다는 게 오히려 해금을 부숴버리고 말았다. 제기랄. 왜 이렇게 일이 꼬이는지 모르겠다. 싸움은 더 이상 의미가 없어졌다. 복도로 아이들이 몰리자 효재는 당황했는지 자리에서 일어나 사라지고 말았다.

복도는 조용했다. 아이들은 모두 집으로 가고 나와 예지만이 해금을 앞에 두고 남았다. 예지는 복도에 주저앉아 한동안 일어설

줄 몰랐다. 모든 게 내 탓 같아 예지에게 말을 걸기가 두려웠다. 뭔가 머릿속이 뒤죽박죽이 되어 어떤 단어도 떠오르지 않았다.

"미안해……. 나 때문에 해금이……."

나는 우물우물 자신 없는 사과를 했다.

예지는 내 사과에도 말이 없었다. 그저 말없이 해금만 어루만지며 고개를 들지 않았다.

"뭐라고 말 좀 해봐."

"이미 해금은 부셔졌어. 무슨 말을 해. 이제 내 일에 간섭하지 마. 내가 알아서 할게."

예지는 굳어진 표정으로 담담하게 말했다. 예지는 나와 눈 한번 맞추지 않고 부서진 해금을 케이스에 넣고 복도를 걸어 아래층으로 내려갔다.

"오빠아, 일어나 저녁 먹어."

주디가 내 등을 흔들었다. 나는 너무 피곤해 집에 오자마자 잠이 들고 말았다.

"안 먹어? 왜에?"

"그냥!"

"왜 그냥인데?"

"멍청아, 말 시키지 마!"

나는 주디에게 짜증스럽게 쏘아붙였다. 버스로 돌아온 후 머리가 지끈거려 견딜 수가 없었다. 머릿속은 온통 해금 생각뿐이었다. 내가 효재를 밀치지만 않았어도 해금은 부서지지 않았다. 이 모든 게 내 잘못 같아 미칠 것 같다.

집으로 오는 길에 피시방에 들러 해금에 대해 검색해보았다. 해금의 가격이 리코더와는 무려 오십 배나 차이가 났다. 도저히 해금을 사주고 싶어도 내 힘으로 살 수 있는 가격이 아니었다. 다리에 힘이 풀리고 입안이 타는 듯한 초조함이 밀려왔다. 정말 아빠가 돌아가신 이후 처음으로 울고 싶었다. 집에서 쫓겨나 버스로 가던 날도 이렇진 않았다. 한마디로 막막했다. 핸드폰을 꺼내 예지에게 문자를 날릴까 하다 그만두었다. 시간을 되돌릴 수만 있다면 얼마나 좋을까. 효재가 해금을 들고 있던 그 시간으로 돌아간다면 무릎을 꿇을 수도 있을 것 같다. 그러나 이제 그 시간은 절대로 돌아오지 않는다.

다음날 학교에 가자마자 무작정 담임을 찾아갔다. 교무실로 가는 동안 발걸음이 가볍지 않았다. 그날 일을 생각해보니 내가 무작정 덤벼든 게 아주 멍청했다. 나의 성급한 행동이 화를 자초했다. 감당하기 힘들지만 지금은 무슨 일이든 해야만 했다.

교무실로 들어서자 요동을 치던 가슴이 조금 안정이 되었다. 예지의 해금을 머릿속으로 떠올려보니 다시 용기가 생겼다. 담임은 컴퓨터 앞에 앉아 집중한 채 내가 앞에 서 있는 줄도 모르고 있었다.

"저…… 선생님."

"네가 어쩐 일이니?"

"상담할 게 있어서요."

"뭐 고민 있니?"

담임은 건조하게 물었다.

"일단 앉아봐."

담임 앞에 놓인 의자에 앉아 내키지 않는 문제를 털어놓았다. 예지의 해금과 효재의 문제적 행동을 낱낱이 털어놓았다. 내 얘기를 듣는 내내 담임은 표정에 변화를 보이지 않았다. 그렇다고 내 말에 큰 흥미를 느끼는 것처럼 보이지도 않았다. 담임은 늘 학생의 문제에 대해 이런 식이었다. 그래서 말하고자 하는 사람의 의욕을 꺾어놓았다. 담임은 내 말이 끝나자마자 기다렸다는 듯이 입을 열었다.

"그래서 지금 나더러 효재 혼내달라는 거네. 이런 문제는 너희끼리 해결해야지. 꼭 선생님 힘을 빌려야겠니? 사내자식이?"

내 추측은 빗나가지 않았다. 담임은 직무유기 수준의 답변을 하였다.

"전 지금 선생님께 고자질하는 게 아니라 신고를 하는 거예요."

"이런 게 신고할 일이냐? 싸움박질해서 입원한 것도 아니고 겨우 악기 하나 부러뜨린 일 가지고 내가 꼭 나서야 하는 거냐구! 툭 하면 달려와서 미주알고주알 사내자식이……. 내가 일이 얼마나 많은지 니가 알기나 해! 대한민국 선생들이 바로 너희 같은 애들 때문에 잡무에 시달리는 거야. 알아, 인마!"

담임은 귀찮은 일들이 다 나 때문에 생긴 거라는 투로 몰아붙였다.

"효재 어딨어? 교무실로 당장 오라고 해!"

담임은 어쩔 수 없다는 듯이 자리에서 일어나 말했다.

강효재를 데려오라는 말을 들으니 당황이 되었다. 바로 이 자리에서 그 자식과 마주한다면 또다시 어떤 보복이 올지 몰랐다. 내가 원하는 방식은 이런 게 아니었다. 담임의 권한으로 예지를 보호할 수 있는 방법을 원했고 효재의 문제도 이런 상벌의 문제로 접근하고 싶지 않았다. 좀 더 내가 생각할 수 없는 방법이 담임의 입에서 나올 걸 기대했지만 수포로 돌아갔다. 우린 이미 철조망을 건널 수밖에 없었다.

"강효재!"

담임의 호출을 받고 교무실로 온 효재를 보자마자 소리를 버럭 질렀다. 효재는 내 옆에서 불만이 가득한 얼굴로 서 있었다. 담임이 우리를 나란히 세워놓고 양손으로 우리의 머리를 여러 번 부딪쳤다.

"야, 이놈들아! 제발 사고 좀 그만 쳐라. 매번 앙숙처럼 이게 뭐냐? 강효재! 왜 예지 악기 갖고 장난 치냐! 엉! 너 예지 좋아하냐?"

"네에? 제가요? 무슨 말도 안 되는…… 악기가 너무 신기해서 한번 만져본 건데 저 새끼가 갑자기 달려든 거예요!"

"이유가 어찌 됐든 둘이 반반 나눠서 예지 악기 값 물어줘!"

"선생님, 저 새끼랑 반땡 안 해요! 치사하게 남자가 돼서 반땡은? 제가 그냥 물어주죠 뭐."

"그래? 그럼 그러든가. 그럼 끝났네. 가봐!"

담임은 선뜻 악기 값을 물어주겠다는 효재의 말을 기다렸다는 듯이 넙죽 받고 싱겁게 상황을 종료했다. 다행히 해금의 문제에서 자유로워졌지만 난 오물을 뒤집어쓴 것처럼 기분이 불쾌했다. 효재는 돈의 위력으로 담임을 가볍게 눌렀고 잘못도 쉽게 용서됐다. 애초부터 내게는 타협할 여지가 하나도 없었다. 돈의 위세 앞에서 나는 한없이 오그라들었다. 담임과 효재의 문제 해결 방식은 아주 간단했다. 효재가 나와 예지를 괴롭히는 일 따위는 문제의 소지가 되지 않았다. 교무실을 나오는 동안 알 수 없는 감정이 미묘하게 내 마음을 흔들었다.

교실 밖으로 나오자 효재가 능글능글 웃으며 지껄였다.

"이 새꺄, 나 땜에 돈 굳은지 알아! 니가 또 담탱이한테 찔렀지? 치사한 새끼, 돈 없다고 친구를 꼰질러? 돈 없으면 없다 해라."

효재 눈에 보이는 나는 분명히 악기 값도 없는 거지새끼였다. 효재는 내 앞에서 악기 값을 물어주는 걸로 자존심을 톡톡히 세웠다. 해금 문제는 의외로 쉽게 해결되었지만 불쾌한 기분이 엿같이 끈적거렸다.

수업이 끝날 때까지 기분이 꿀꿀했다. 주먹을 꽉 쥐어보기도 하고 숨을 고르게 내쉬어보려고도 했다. 끔찍한 기분을 벗어나고 싶었지만 쉽지 않았다. 수업이 끝날 때까지 예지와는 눈 한 번 마주치지 못했다. 예지는 쉽게 삐치는 여자애들과는 다르다. 예지와 무슨 말이라도 나눠야 이 기분을 떨쳐낼 수 있을 것 같았다.

복도 창문 너머로 예지가 청소하는 모습을 간간히 보면서 기다렸다. 예지를 만나면 우선 무슨 말을 해야 할지 곰곰이 생각해봤다. 예지가 내게 화를 낼지도 모른다는 생각에 미치자 도리어 감정이 차분해졌다. 내게 화를 내는 것은 당연한 일이었다.

예지가 청소를 끝내고 교실 문을 열고 복도로 나왔다. 알 수 없는 눈빛으로 날 보았다.

"황예지, 청소 다했니?"

"너 여태 기다린 거니?"

예지는 대수롭지 않게 말했다. 난 예지의 변함없는 얼굴에 도리어 미안했다.

"해금 일은 미안해. 다 나 때문이야."

"해금 때문에 화난 게 아냐. 애들한테 매번 당하는 게 화나서그래."

"해금은 효재가 물어주기로 했어."

"이제 해금 같은 건 관심 없어."

"왜?"

"그동안 엄마를 생각하며 연주했다면 이젠 달라. 해금을 떠올리면 강효재가 생각날 것 같아."

"미안해. 내가 그 자식한테 덤비지만 않았어도 해금이 깨지진 않았을 거야."

"니가 뭐가 미안해? 그때 네가 나서지 않았다면 난 더 화났을지 몰라."

"정말?"

"응, 정말이야."

"고마워, 황예지. 휴우, 이제 살 것 같다. 난 네가 나 때문에 화난 줄 알고 얼마나 조마조마했는 줄 알아?"

"너 이제 보니 완전 소심하구나."

예지가 깔깔거리면서 나를 놀렸다. 그래도 기분 나쁘지 않았다.

"야! 내가 진짜 소심했으면 그놈한테 덤비지도 않았어. 황예지, 이제 밥통들에게 휘둘리지 말자. 이건 내 생각인데 네가 직접 담임을 찾아가보면 어때? 혼자 끙끙 대지 말고."

"난 전학 와서 적응 못한다는 소리 듣고 싶지 않아. 더구나 이 문제가 커지면 분명히 아빠한테 연락이 갈지도 몰라. 그래서 싫어. 이를 악물고 공부할 거야. 이게 전학생 생존법이라고 생각해."

나는 예지가 밥통들에게 당하면 당할수록 상처받지 않고 결연한 의지를 보이는 모습에 존경심까지 생기려 했다.

"너 우리 반에 처음 전학 왔을 때 공부 잘한다는 소문이 전교에 쫙 깔렸었어. 점심시간에도 책만 보더라. 우리 반 애들 통영에서 수재가 왔다고 다들 경계했어."

"너도 날 경계했어?"

"나? 난 전교권에서 놀아본 적이 없어서 모르겠고. 처음에 좀 재수가 없긴 했지. 아! 물론 지금도 그런 건 아니고. 헤헤."

"생각보다 성적이 너무 안 나와 처음엔 좀 당황했어. 실력 차이가 컸고 도저히 저 애들을 따라갈 수 있을 것 같지 않더라."

"너무 공부 공부 하지 마라. 소외감 느낀다. 너랑 나랑 공통점이라고는 딱 하나 있다."

"뭔데?"

"너나 나나 외톨이. 외톨이도 뭉치면 강하다는 걸 보여주자."

"데저트 헤이리!"

예지가 먼저 주먹을 내밀었다. 나도 주먹을 예지의 주먹과 맞대며 "데저트 헤이리!" 하고 외쳤다.

공원 쪽으로 예지와 걷다 보니 자전거 대여소가 내 눈에 들어왔다. 구청에서 주민들에게 자전거를 무료로 빌려주는 장소였다. 학생증만 맡기면 언제든 자전거를 마음껏 탈 수 있었다. 비싼 놀이공원에는 못 가더라도 예지와 자전거를 함께 탈 수 있다면 기분이 짜릿할 것 같았다.

"야, 황예지. 우리 놀토에 자전거 타러 갈까?"

난 침 한번 꿀떡 삼키고 용기를 내서 물었다.

"자전거?"

"응."

"나 자전거 없는데……."

"걱정 뚝! 저길 봐!"

난 자전거 대여소가 있는 곳을 손가락으로 가리켰다.

"저기서 자전거 빌려주거든."

"자전거를 빌려줘?"

"학생증만 있으면 무료야."

"정말? 싫다고 하지 않을게!"

예지는 경쾌한 말투로 흔쾌히 승낙을 했다.

"이주노! 귀먹었어!"

엄마가 버스 안에서 창밖으로 고개를 삐죽 내밀었다. 난 짖어대는 개들에게 사료를 주느라 정신이 없었다.

"무슨 일이야?"

"저녁 지을 쌀이 떨어졌어. 슈퍼에 가서 라면 좀 사와!"

"라면?"

"언제 쌀 불려 밥하니?"

"난 밥 먹고 싶은데. 라면 질려!"

"질려도 어쩔 수 없어."

엄마는 대수롭지 않게 말했다. 부엌살림이라고는 아이스박스에 야채와 김치 정도였다. 우리 집 밥상 5종 세트는 멸치, 참치 캔, 김, 단무지, 고추장이었다. 난 계란 프라이를 좋아하는데 일단 가스 불을 쓰는 음식은 제외했다. 엄마는 지갑에서 달랑 삼천 원을 줬다.

"이주노, 돈 남으면 단무지도 사와!"

"이 돈으론 단무지 못 사!"

"찾아봐. 꼬마 단무지 있을 거야."

엄마는 우격다짐으로 내 손에 돈을 쥐어주며 버스 밖으로 내몰았다. 편의점이 가까이 있었지만 가격이 비싸다는 이유로 사거리에 있는 대형 마트까지 가라고 신신당부했다.

공터를 벗어나자마자 건너편 지하 피시방에서 낯익은 얼굴의 아이들이 무더기로 나왔다.

"야아, 이게 누구야!"

원수는 외나무다리에서 만난다더니 강효재다. 난 효재를 보는 순간 땅으로 꺼지고 싶었다. 공터 앞 피시방은 새로운 게임이 빨리 깔려 종종 원정 오는 애들이 있었다. 강효재는 다른 밥통들과 함께였다.

"고자질쟁이 새끼! 야! 너가 왜 거기서 나오냐? 거긴 우리 아지트인데, 요즘 들리는 소문에 누가 죽치고 있다고 하던데 그게 너냐?"

"그걸 왜 나한테 묻냐?"

난 아닌 척했다. 효재는 이상한 눈초리로 쏘아봤다.

"이 새끼 수상한데 혹시 본드 했냐?

"그…… 그런 거 안 해!"

난 당황한 나머지 말까지 더듬었다.

"그럼 뭐야?"

"알 필요 없어! 가던 길 가라."

"이 새끼 봐라! 겁 대가리 없이…… 냄새가 나는데?"

강효재가 내 얼굴 쪽으로 코를 갖다 대며 킁킁거렸다. 난 뒤로 한 발짝 물러섰다. 그리고 사거리 쪽으로 걸음을 서둘러 옮겼다.

"야! 너 한 번만 더 깝쳤다간 그땐 각오해라!"

강효재가 내 등 뒤에서 소리쳤다. 어쩐 일인지 날 순순히 보내줬다. 뒤를 힐끗 돌아보니 아직도 밥통들이 공터 옆에서 서성거렸다. 밥통들이 이 동네까지 와서 활개치고 있다는 점이 마음에 걸렸다. 더군다나 공터 앞 피시방이 밥통들의 아지트였다니 세상이 너무 좁았다.

라면을 사서 버스로 돌아오는 길에 공터 주변을 살폈다. 아직도 밥통들이 진을 치고 있을 것 같아 마음이 불안하기까지 했다. 다행히 밥통들의 그림자는 보이지 않았다.

너무 작은 심장

　예지와 자전거를 타기로 한 날은 너무나 빨리 다가왔다. 나는 아침을 먹는 둥 마는 둥 하고 서둘러 예지와 약속한 공원 앞으로 나갔다. 예지를 기다리는 동안 입구에 쳐진 펜스에서 공원 안을 바라봤다. 주말이라 그런지 가족끼리 나온 사람들이 많았다. 분수대에서 시원한 물줄기가 하늘 높이 뿜어져 나왔다. 그 너머로 농구 골대가 보였다. 우리 반 최상위권 아이들 몇이 모여 농구를 하는 모습이 들어왔다. 준수가 공을 튀기는 모습이 활기차 보였다. 준수와 호영이는 부지런히 몸을 놀리며 드리블을 주고받았다. 준수는 방학 동안 헬스를 한 덕인지 어깨 근육이 단단해 보였다. 친구들이 모여 농구하는 모습이 부러웠다. 멀리서 봐도 멋있었다.

"이주노!"

농구를 보는 동안 예지가 어느새 내 앞에 서 있었다. 예지는 묶고 다녔던 긴 머리를 풀고 핑크색 남방과 짧은 미니스커트를 입었다. 센스가 돋보이는 옷차림이었다.

"너 아닌 줄 알았어. 교복 입을 때하고 완전 다른데?

"예쁘다는 거야! 뭐야?"

"대학생 누나 같아."

"그 말은 내가 노땅처럼 보인다는 거잖아."

예지가 장난스럽게 눈을 흘기며 날 쳐다봤다.

"아니…… 그게 아니고 여자 같다고. 야, 근데 너 짧은 치마 입고 자전거 탈 수 있어?"

"이게 바로 라이더 패션이야."

예지는 다시 환하게 웃으며 말했다.

"학생증 줘봐."

예지의 학생증과 내 것을 꺼내 자전거 대여소 직원에게 내밀었다. 예지는 수십 대의 자전거 중에 노란색 자전거를 골랐다. 난 안장이 비교적 넓은 걸 골랐다.

"이제 자전거 타고 어디로 갈 거야?"

"한강 가자."

"한강? TV에서만 한강을 봤는데……."

"나만 따라와. 여기서 삼십 분만 달리면 한강이야."

내가 먼저 자전거 안장 위로 올라탔다. 예지도 곧이어 자전거를 조심스레 올라탔다.

자전거도로를 따라 한강 남쪽 끝으로 달렸다. 자전거 길은 다리 아래로 연결되었다. 6월의 따뜻한 바람이 예지의 머리를 나풀거리게 했다. 오늘만큼은 버스도, 우울증 엄마도, 강효재도 마음에서 지우기로 했다. 한강 다리 아래로 가자 강바람이 시원하게 불었다. 내가 먼저 핸들을 꽉 잡고 속도를 냈다. 예지도 내게 지지 않으려는 듯 속도를 냈다. 한강 남쪽을 향해 한참을 달리다 뒤를 돌아봤다. 예지가 힘에 부치는지 점점 멀어졌다. 나는 핸들을 우측으로 틀고 자전거를 세웠다.

예지가 어느새 내 옆까지 따라붙었다. 예지의 이마와 콧등이 땀으로 번들거렸다.

"야! 너 혼자 그렇게 달리면 어떡해!"

"난 네가 자전거 좀 탈 줄 알았지."

"내가 널 어떻게 따라가? 너 할 줄 아는 게 자전거 타는 거밖에 없지?"

"어떻게 알았어? 공부로는 널 이길 수 없지만 자전거 하나만큼은 널 이긴다."

예지는 어느새 내 속마음을 알고 말았다. 내가 예지에게 보여줄

게 자전거 타는 모습뿐이라는 걸. 그래서 더 질주를 했다. 예지와 보조를 맞추며 타야 한다는 걸 깜빡했다.

"이주노, 이제부터 널 똥매너라고 부를 거야!"

예지가 장난스럽게 말했다.

"미안해. 이제부터는 너랑 속도 맞출게. 덥지? 콜라 마시자."

난 매점 쪽으로 자전거를 끌고 걸어갔다. 우린 파라솔 의자에 앉아 한강을 바라보며 콜라를 마셨다. 강바람이 목덜미를 스치고 지나가 시원했다. 말로 표현할 수 없을 만큼 오랜만에 기분이 좋았다.

"이주노!"

예지가 걱정스런 목소리로 내 이름을 불렀다.

"…… 어."

"나…… 사실 고민이 있어."

"뭔데?"

"공부가 자신 없어졌어. 열심히 하면 따라붙을 줄 알았는데 쉽지 않아."

"왜 그래? 너답지 않게."

난 예지의 기운 없는 목소리에 내심 불안했다.

"강효재 때문에?"

"걔네 때문만은 아냐. 이건 내 멘탈의 문제 같아."

예지의 표정이 어두웠다.

"야, 너답지 않게 왜 그래? 자신만만한 황예지 어디 간 거야!"

예지는 강을 바라보며 콜라를 한 모금 더 마셨다.

"서울 애들한테 쫄았나 봐."

"쫄았어? 통영에서 잘나가던 황예지가 쫄았다고?"

"응."

"넌 쫀 게 아니라 지친 거야. 내 눈엔 그렇게 보여. 맘만 먹으면 전교권으로 충분히 갈 수 있잖아. 아직 특목고에 가려면 일년이나 남았고, 근데 뭐가 겁나?"

"넌 겁날 때 없니?"

"난 매일 겁나."

"뭐 매일?"

"밥통들이 겁나는 게 아냐."

"이유가 뭐야?"

"그건…… 말할 수 없어."

난 예지에게 우리 집 사정을 말할까 하다 관뒀다.

"뭐야! 난 다 털어놨는데……."

예지가 장난스럽게 눈을 흘기며 입을 삐죽거렸다.

마음이 잠시 흔들렸지만 예지에게 내 상황을 들키고 싶지 않았다. 우리 학교에서 가장 가난한 학생이라는 말을 내 입으로는 도저히 밝힐 수 없었다. 더구나 버스에서 사는 놈이라는 사실이 알려진다면 날 다시는 안 보겠지. 이 동네는 전국에서도 소문난 부촌이다. 나 아니더라도 괜찮은 남자애들이 널렸다. 남자애들은 마음에 드는 애들과 노래방과 피자집, 파스타집 등 어디든 가서 마음껏 돈을 쓸 수 있다. 내가 고작 예지에게 사줄 수 있는 거라고는 길거리 군것질 정도다. 굳이 내 이미지를 깨고 싶은 마음은 추호도 없다. 어차피 사람은 자기만의 비밀이 있는 법이다. 예지는 최면에라도 걸린 사람처럼 한동안 강을 바라봤다.

"넌 꿈이 뭐야?"

예지가 느닷없이 물었다.

"꿈……."

예상치 못한 질문에 잠시 단어가 주는 의미를 떠올렸다. 사실 어려서부터 꿈이라는 걸 갖고 있지 않았다. 한 번쯤 아빠의 유조차를 운전해보고 싶다는 생각을 가져본 적은 있지만 그걸 꿈이라고 말하기에는 어울리지 않았다. 난 결국 꿈을 말하지 못하고 우물거리고 말았다.

"난 말야 어려서 바다를 보고 자란 탓인지 늘 배를 타고 먼 바다로 떠나고 싶었어. 아빠의 관심에서 벗어나 자유롭게 바다를 항해하고 싶었거든."

"멋진 꿈인데. 여자 항해사!"

"지금도 통영 앞바다가 너무 보고 싶어."

"너 향수병이구나."

"넌 몰라. 통영이 얼마나 아름다운 곳인지…… 내가 사진 보여줄게."

예지는 스마트폰에 있는 앨범의 사진을 한 장씩 보여줬다. 통영 앞바다에서 가족들과 찍었던 어린 시절의 모습, 친구들과 수영하던 모습, 가족과 요리하는 사진도 보였다. 나도 분명 이런 기억들이 있었다. 그런데 지금은 뭔가 하나도 남지 않고 사라진 느낌이다.

"이주노! 너 바다가 왜 느릿느릿하고 조용한 줄 아니?"

"그거야 바다는 물이 너무 많아 느린 거 아냐?"

"틀렸어. 바다엔 고래가 살기 때문이고, 고래고래 소리 지르는 인간이 살지 않기 때문이야."

"에이, 그거 네가 만든 얘기지?"

"우리 고향에서는 바다를 그렇게 말해."

"너 진짜 향수병이 맞네. 이럴 때 바르는 약이 있는데?"

"진짜?"

"진짜라고, 이리 와봐."

예지는 내 말에 진지하게 눈을 반짝거렸다. 예지가 진짜로 내 가슴께로 몸을 바짝 붙였다. 그 순간 내 얼굴이 뜨거웠다. 얼굴만이 아니라 머리부터 발끝까지 저릿저릿했다.

"뭐야? 어엉!"

난 예지의 목소리를 듣고야 서둘러 배낭을 뒤졌다. 배낭에서 후시딘 연고를 꺼냈다.

"바로 이거야."

난 마음을 들킬 새라 연고를 짜는 시늉을 했다.

"이건 그리움에 바르는 약이야. 심장이 뛸 때마다 이렇게 발라."

난 손가락으로 예지의 가슴 쪽에 대고 동그라미를 그리려다 바르르 떨리는 바람에 실패하고 말았다.

"이 머스마가 뭐하노."

갑자기 예지의 입에서 경상도 사투리가 걸쭉하게 튀어나왔다.

"뭐? 머스마?"

"그럼 니가 머스마재 가시나나? 으따 대고 작업이노!"

예지가 갑자기 내 손을 툭 치며 사내처럼 행동했다. 예지의 기습적인 사투리 말투에 정신이 번쩍 들었다.

"너 그 사투리가 무기다. 무기. 왜 그동안 사투리 한 번 안 썼어?"

"서울 말 무지 연습했다 아이가. 서울 알라들이 무시할까 봐."

난 어이가 없어 한바탕 웃음이 터졌다.

"대단한 황예지, 사투리까지 교정 받고 서울 왔네."

"그건 아냐. 고모가 서울에서 살아. 방학 때마다 고모 집에 올라와서 학원 다녔잖아. 그러다 보니 서울말이 익숙해진 거야."

"사투리 듣기 좋은데."

난 예지의 투박한 사투리가 귀엽게 느껴졌다.

"넌 엄마하고 사이 좋니?"

예지가 이번에는 엄마에 대해 물었다.

"엄마랑 자주 싸워. 우리 엄마 성격 끝내줘."

"너희 엄마가 공부 잘하라고 들볶는구나."

"으음…… 뭐 다 그렇지."

예지가 말끝을 흐렸다.

"어른들은 모두 똑같은 뇌를 가지고 있나 봐. 심장은 다 고장 나고 안 그냐?"

"그건 세상이 어른들의 뇌를 복제한 거야. 분명해."

"그럼 우리도 이담에 다 같은 뇌구조를?"

"하하하하."

우린 오랜만에 서로를 보며 크게 웃었다.

다음 날 학교가 끝나고 집으로 돌아오는 길에 다시 동물 병원을 기웃거렸다. 마침 재수때기 원장이 비글의 귀를 만지며 진료에 열중하고 있는 모습이 보였다. 난 비글의 진료가 끝날 때까지 유리문 밖에서 기다렸다. 조금 후에 강아지 주인이 비글을 데리고 유리문 밖으로 나왔다. 난 크게 숨을 한번 들이쉬고 유리문을 밀며 들어갔다.

"저…… 안녕하세요."

"어! 그래 오랜만이구나."

재수때기는 날 보자 좀 전과 달리 표정이 굳어졌다. 손님이 아니라서 실망한 눈치였다.

"어쩐 일이야? 심장병 걸린 강아지는 잘 있니?"

"아직 숨은 쉬고 있어요."

"다행이구나. 근데 여긴 어쩐 일이니?"

"저…… 부탁이 있어서요."

"부탁? 심장병 걸린 강아지 얘기니? 그때 내가 답을 준 것 같은데."

"저…… 실은 집에 새우 말고도 많은 애완견들이 살아요."

"그래, 전에 말했잖니? 아버지가 능력자네."

"아버진 안 계세요."

"그래? 그거 안됐구나."

"실은 개들을 입양 보낼까 하고요. 입양할 사람들을 좀 연결해 주세요."

"최악의 부탁이구나."

"전 아주 큰 용기를 내서 가장 어려운 부탁을 하는 건데요."

"내 말은 질문의 질이 아주 나쁘다는 뜻이야. 내가 만약 거절한다면 악질 수의사가 되는 셈이지. 그게 너무 마음에 안 들어."

나는 재수때기가 무슨 말을 하든 마음을 바꿀 수 있도록 간절하게 부탁을 해야겠다는 생각만 했다.

"원장님은 개들에게 영혼이 있다는 거 아시잖아요."

"그런 얘기는 이제 그만하자."

"제 상황을 알면 생각이 달라지실 거예요."

"난 지금 네 문제가 아니라도 돌봐야 할 개들이 아주 많아. 한가하게 유기견 입양 문제에 끼어들고 싶지 않구나."

재수때기 원장은 귀찮다는 듯이 말했다. 난 이대로 물러설 수 없어 아빠 얘기를 꺼냈다. 남자 대 남자로 마음을 바꿀 수 있는 마지막 기회 같았다.

"돌아가신 아빠가 이런 말을 했어요. 하찮은 동물도 죽을 땐 절규를 한대요. 그래서 지능이 뛰어난 개들이 억울하게 죽으면 그 영혼이 사람들 머릿속으로 들어와 미치는 거래요. 너무 무섭지 않아요?"

난 아빠가 하지도 않았던 말들을 술술 지어냈다. 사실 아빠는 개들에 대해 관심이 없었다.

"난 하나도 무섭지 않아. 지금 그 말이 너희 아빠 유언이니?"

"유언은 아니고요. 평소 생각이 그랬다고요."

"아마 너희 아빤 불교 신자가 분명해. 난 생각이 달라. 개들은 영혼이 절대 없어. 개는 죽으면 끝이야. 인간이 착각하는 게 뭔지 아니? 바로 육신은 죽어도 영혼은 죽지 않는다는 사실을 믿지."

망할 재수때기는 끝없이 말꼬리만 잡고 마음을 바꾸지 않았다.

"원장님도 굉장히 부정적이시네요."

"난 수의사야. 내 손에 죽어간 개들이 얼마나 될 것 같으니? 넌 너무 순진해. 모든 걸 포기할 수밖에 없는 상황이 있다는 걸 몰라. 바로 그게 지금인지도 모르지. 오직 네가 할 수 있는 건 유기견 보호소로 개들을 보내는 거야. 그것만이 사람이 할 수 있는 최선이야."

재수때기는 얼굴빛 하나 변하지 않고 정말 냉정하게 말했다. 마지막이라는 심정으로 가방에서 '유기견 입양이 필요한 사람들'이라는 글이 적힌 광고 종이를 꺼냈다.

"제가 도와달라는 건 아주 작은 거예요. 저 유리문에 이 광고지를 일주일만 붙여주세요."

원장은 잠시 내 손에 있는 광고지를 힐끗 보더니 이내 말을 꺼냈다.

"이런 건 내게 줘봤자 쓰레기일 뿐이야. 너 눈 있으면 똑바로 저길 봐."

원장이 손가락 끝을 가리키는 곳을 봤다. 안쪽 구석에 캐비닛 케이지가 보였고 그 안에 새끼 몰티즈와 푸들, 비글 등이 꼬물거리고 있었다. 난 그동안 병원을 들락거리며 개들이 있다는 사실을 까맣게 잊었다. 아니 잊은 게 아니라 발견하지 못했다.

"병원에서 강아지도 판다는 걸 몰랐니? 내가 성견까지 무료로 입양을 알선했다간 배곯기 딱 좋지. 선한 일이 누군가에게는 피해를 준다는 사실도 알아야 하지 않을까."

"몰랐어요. 강아지가 있는지……."

"네가 여기까지 찾아와 어려운 부탁을 했는데 미안하구나."

오늘도 재수때기를 설득하는 데 실패하고 말았다. 난 더 이상 조르지 않기로 했다. 내 손에 쥐어진 광고 종이를 진료 책상 위에 올려뒀다. 아마 원장은 내가 나간 후에 쓰레기통에 전단지를 구겨 던져버리겠지만 한 가닥 희망을 갖고 싶었다. 동물 병원 문을 열고 나오는데 뒤에서 다시 재수때기 음성이 들렸다.

"이주노!"

"너 혹시 김호영이라고, 2학년 5반 반장인데…… 아니?"

"지난번에도 물어봤잖아요. 똑같은 질문을 왜 자꾸 해요! 모른다구요!"

난 재수때기가 집요하게 호영이에 대해 묻는 게 화가 나 격렬하게 소리를 질렀다. 병원 출입문을 확 열고 나오는 순간 다시 한 번 병원 문을 노려보았다. 왜 재수때기는 나만 보면 아들 생각이 나는지 모르겠다. 정말 세상이 뜻대로 되지 않는다는 게 돌아버릴 지경이다. 만약 호영이와 같은 반이라고 하면 저 재수때기가 선뜻 개들의 입양을 도와줄까. 아무리 생각해도 우리 집 사정을 누군가가 안다는 게 께름칙하다. 더구나 버스에서 사는 놈이라는 사실을 반 아이들이 안다면 웃음거리밖에 되지 않을 거다. 확실히 무언가를 숨긴다는 건 쉬운 일이 아니다.

2교시 국어 시간에 담임이 칠판에 시를 적었다. 담임은 가끔 문학 감상 훈련을 한다며 알 수 없는 시를 한 편씩 적곤 했다. 애들은 그런 담임을 못마땅해했다. 시간 때우기 수업 같아서이다.

너무 작은 심장

장 루슬로

작은 바람이 말했다.

내가 자라면

숲을 쓰러뜨려

나무들을 가져다주어야지.

추워하는 모든 이들에게.

작은 빵이 말했다.

내가 자라면

모든 이들의 양식이 되어야지.

배고픈 사람들의.

그러나 그 위로

아무것도 아닌 것 같은

작은 비가 내려

바람을 잠재우고 빵을 녹여

모든 것들이 이전과 같이 되었다네.

가난한 사람들은 춥고

여전히 배가 고프지.

하지만 나는 그렇게 믿지 않아.

만일 빵이 부족하고 세상이 춥다면

그것은 비의 잘못이 아니라

사람들이 너무 작은 심장을 가졌기 때문이지.

　담임이 판서를 끝낸 후 느닷없이 내 이름을 호명했다. 나는 내 귀를 의심했다. 처음으로 내 이름이 불렸다. 나는 얼떨결에 일어섰지만 머릿속은 정지된 느낌이었다. 담임은 시를 낭송해보라고 했다. 시를 낭송한 적이 없어 떠듬떠듬 읽었다.

"마지막 연에 작은 심장은 뭘 의미하는 건지 네 생각을 말해봐."

시를 읽은 것도 부족해 이제는 질문까지 했다. 존재감이 없던 나로선 담임의 부스러기 관심이 달갑지 않았다.

"작은 심장요? 작은 심장. 그건…… 음…… 그러니까……."

머릿속에서는 뜨겁게 벌떡거리는 붉은 심장만 떠올랐다.

"그러니까 뭐냐구!"

담임이 대답을 재촉을 했다.

"그건…… 사람들의 심장이…… 기형이라는 거……."

내가 이렇게 말하자 갑자기 아이들이 책상을 치며 와 하고 웃었다.

"이 자식 봐라. 너 예습 안 해왔어?"

생각해보니 며칠 전 시가 적힌 프린트물을 선생님이 나눠준 기억이 났다. 하지만 프린트물을 다시 본 기억은 없었다.

"예습 안 했는데요."

"왜 예습을 안 해! 안 해온 이유가 뭐야?"

"어…… 이유는…… 예습을 많이 하면 상상력이 없어져요."

아이들이 하나둘 피식피식 웃어댔다.

"뭐? 상상력이 없어? 네가 예술가야 뭐야?"

담임은 내 대답이 마음에 들지 않는지 끊임없이 말꼬리를 물고 늘어졌다. 나도 담임에게 지지 않고 말도 안 되는 답을 해댔다. 단 한 번도 예술가 따위는 되려고 한 적이 없었다. 그런데도 거침없이 생각이 혼자 달려 나갔다.

"예습은 책과 참고서를 보면서 달달 외울 수 있잖아요. 그럼 상상력이 없어지고⋯⋯."

"얼씨구! 그래서 네 성적이 그 모양인 거야! 지금 여기가 이스라엘인 줄 알아? 스무 명도 안 되는 교실에서 모든 애들 질문 다 받아주는 친절한 선생을 기대하는 건 아니겠지? 모든 게 답이 될 수 있다는 유연함을 기대하는 거면 정신 차려! 여긴 대한민국 학생 누구나 들어오고 싶어 안달 난 콩나물 교실! 선행 학습 빡세게 해서 특목고 합격률이 전국 최고를 달리는 신운 중학교! 너 같은 녀석 때문에 이 명문 학교가 망신을 당하는 거야. 알아!"

담임이 내지르는 소리가 내 귓가에 쉭쉭거리며 흩어졌다. 담임은 내게 모멸감을 주었다. 내 심장이 미칠 것같이 졸아들었다. 이런 게 바로 작은 심장이라고 외치고 싶었다. 담임은 죽었다 깨어나도 내 마음을 이해하지 못할 거다.

'나쁜 자식! 모르는 게 뭐 죄라고 남의 자존심을 박박 긁어.'

담임은 자신을 대한민국 최고의 선생이라고 착각하고 있지만 절대 인정할 수 없다. 특목고 최다 합격의 비밀은 엄마들의 두둑한 지갑과 실력 있는 학원 강사들 때문이라는 걸 모든 학생이 아는데 혼자만 모른다. 자신의 힘으로 우등생이 된 것처럼 말할 때 진짜 토할 것 같다. 담임은 내가 볼 때 최악의 선생이다. 학생의 마음도 모르는 벽창호에다 입만 열면 자랑질에 시간 가는 줄 모른다. 조기 축구회에서 숫돌이라느니, 대학을 수석으로 입학했다느니, 왕년에 여자들 많이 울렸다느니, 정말 하나도 믿을 수 없는 말들로 자신을 포장했다. 내 눈에 담임은 그냥 돌고 도는 팽이다. 팽이는 아무 생각 없이 돌기 때문에 자기가 팽이라는 사실도 모른다.

"내가 거금 들여 해금까지 사다 바쳤으면 감동이 있어야지? 해금 깨먹은 새끼랑 자전거는 타고 나랑은 못 탄다는 건 뭐야?"

사물함 정리를 하는데 예지 자리에서 울리는 효재의 목소리가 내 귀에 꽂혔다. 뒤를 돌아보니 효재가 예지 앞에 서서 시비를 걸고 있었다. 나는 사물함을 도로 닫고 일어섰다.

"이주노는 절친이고 넌 아니잖아."

"절친 좋아하네."

"해금 땜에 이럴 거면 도로 돌려줄게."

예지는 단호하게 말했다.

"난 해금 돌려줘도 켤 줄 모르니 도로 깨버려야겠네."

강효재는 점점 더 거칠게 굴었다. 나는 더는 두고 볼 수 없어 강효재 앞으로 다가갔다.

"강효재 그만둬!"

"뭐야 이 새끼!"

"황예지 그만 괴롭히라구!"

"야! 황예지랑 그렇고 그런 사이라는 거지? 너희들 이 사실 아냐? 얘 버스에서 사는 거렁뱅인 거 내가 이 두 눈으로 똑똑히 봤잖아. 종점 버스에서 나오는 폼이 수상해서 가봤더니 웬 아줌마가 '주노 라면 사러 갔다'는 거야. 알고 봤더니 버스가 이 새끼네 집이더라구! 더 웃긴 건 더러운 개새끼들까지 공터에 드글드글하더라. 너 위장 전입 헛소문 아니지?"

내가 버스에 산다는 사실을 효재에게 들키고 말았다.

"저 망할 자식."

난 입술을 꽉 물었다. 큰 건 하나 물었다는듯 기세등등해 아이들에게 내 비밀을 폭로해버렸다. 내 주위로 몰려들었던 아이들의 얼굴이 일제히 굳어졌고 수군거리며 믿어지지 않는다는 표정들이었다. 내 눈빛이 제일 먼저 예지의 얼굴 쪽으로 향했다. 내 눈과 마주친 예지의 눈빛이 잠시 흔들렸다. 난 예지의 눈빛에 멍하니 사로잡혔다. 다른 건 다 사실이니까 상관없지만 위장 전입에 대해서만은 억울해서 해명을 해야 할 것 같았다.

"난…… 난 위장 전입 하지 않았어! 그건 너희가 잘못 안 거야!"

내 목소리가 덜덜거렸지만 이렇게라도 외치지 않으면 억울해 죽을 것 같았다. 속이 타들어가는 것 같아 억울해 죽을 것 같았다.

"야, 이 새끼야. 종점에서 사는 놈은 절대 우리 학교로 배정 못 받거든. 우리 학교에 너 같은 새끼가 있다는 게 창피하다 창피해. 새꺄!"

"야! 강효재! 존 말 할 때 그 입 다물어라!"

누군가 뒤에서 소리를 질렀다. 반장 호영이었다. 효재는 호영의 제지로 움츠러들었다. 금방이라도 주먹이 나갈 것같이 부르르 떨렸지만 용케 참아냈다. 내 눈앞에 교실이 뱅뱅 돌고 반 아이들의 눈이 세모처럼 길게 찢어져 보였다. 그 짧은 시간이 내 생에 가장 긴 시간처럼 느껴졌다. 정신을 차리고 빙 둘러선 애들 사이를 헤치며 교실을 나오려는데 누군가 내 등을 쳤다. 뒤를 돌아보니 호영이였다.

"야, 괜찮아?"

호영이가 날 안쓰러운 눈빛으로 보며 물었다. 그 눈빛은 내가 가장 싫어하는 동정의 눈빛이었다. 호영이의 말을 무시하고 교실 밖으로 뛰쳐나와 비상계단 쪽으로 앞만 보고 달렸다. 악을 쓰고 발을 동동 구르고 싶을 만큼 힘들었다.

난 잘못한 게 하나도 없는데 겁주고 무례하고 모멸감을 느끼게 만드는 이놈의 학교를 당장 때려치우고 싶었다. 모두들 내가 버스에 사는 놈이라는 걸 알아버렸다. 조금 전 일이 눈앞에 떠올랐다. 버스에 사는 놈을 처음 본 애들은 날 괴물처럼 쳐다봤다. 믿어지지 않는다는 표정들, 세상에 흔치 않는 놈이 우리 반 친구였다니 하는 눈빛이었다. 난 그동안 그들이 괴물인 줄 알았다. 그런데 오늘 보니 괴물은 바로 나였다.

내게는 애초부터 희망이란 단어가 없었다. 모든 걸 잃어버리려고 태어난 아이라는 생각밖에 들지 않았다. 아빠를 잃었고, 집을 잃었고, 이제 친구까지 잃어버릴 차례다. 더구나 길 위에 서 있는 버스에서조차 당장 쫓겨날 처지다. 무언가를 잃어버린다는 건 내 몸이 부서지는 것과 같이 처참하다. 엄마는 가끔 내게 이런 말을 했다.

"사는 게 벌이야!"

이 말이 무슨 뜻인지 몰랐다. 이게 진짜 벌을 받는 거라면 내 죄가 뭔지 곰곰이 생각해봤다. 엄마가 생수를 받아 오라고 했을 때 꾀부린 일, 주디와 싸우다 주먹을 날린 일, 수행평가를 안 해 가서 친구 거 베낀 일, 새우를 발로 찼던 일, 야동을 훔쳐봤던 일, 이런 게 모두 죄일까? 나도 엄마처럼 마음이 바다 밑으로 쑥 가라앉을 것만 같아 머리가 혼란스럽다.

버스로 돌아와 보니 엄마가 가위를 들고 주디의 앞머리를 자르고 있었다. 주디는 엄마의 가위질 솜씨가 불안한지 손톱을 입속에 넣고 잘근거렸다. 가방을 버스 선반 위로 던져 올려두고 교복을 갈아입었다. 난 화난 사람처럼 엄마에게 한 마디 말도 걸지 않았다.

"너 표정이 왜 그래? 꼭 똥 쌀 표정이야."

엄마는 내 속에 들어온 사람처럼 말했다.

"혹시 애들한테 버스에 사는 거 들켜서그래? 며칠 전에 네 친구들이 버스로 찾아왔더라. 난 네가 말한 줄 알았지."

엄마는 아무 일도 아니라는 듯 무심하게 말했다.

"버스에 사는 게 뭐 자랑이라고 말을 해!"

나는 소리를 꽥 질렀다.

"아, 저런 미친. 아니면 아니지 소린 지르고 지랄이야."

"나 건드리지 마! 지금 말할 기분 아냐."

난 가슴속에서 뭔가 욱하고 치밀어 올랐지만 참기로 했다. 엄마가 주디의 머리를 자르지만 않았더라도 한판 붙고 싶은 심정이었다. 엄마는 아주 조심스런 손놀림으로 가위질을 했다. 내가 한 마디만 더 한다면 저 가위로 주디의 머리를 싹둑싹둑 몽땅 잘라 놓을지도 몰랐다.

"은행 옆 미장원에서 천 원이면 앞머리 깨끗하게 자를 수 있어."

주디가 볼멘소리로 말했다.

"그런 돈 있으면 엄마 좀 줘봐. 엄마 손이 가위 손이잖아. 뭐 하러 미용실을 가 천 원을 써."

엄마는 삼십 센티미터 자를 앞머리에 대면서 머리를 잘라 나갔다. 그런 엄마의 모습이 궁해 보여 자를 뺏어서 버스 밖으로 내동댕이치고 싶었다.

잠시 후 엄마와 주디가 머리 때문에 다다다다 하며 다투는 소리
가 들렸다. 저런 한심한 모습을 밥통들에게 들키고 말았다고 생각
하니 딱딱한 돌덩이가 가슴을 눌렀다. 가슴이 터질 것 같아 도저
히 버스에 앉아 있을 수 없어서 공터로 나왔다.

개들을 묶어 놓은 곳으로 천천히 다가갔다. 개들에게 사료와 물
을 주었다. 개들은 며칠간 굶은 것처럼 게걸스럽게 먹어치웠다. 대
박이는 여전히 다른 개들을 위협하며 순식간에 사료를 독차지하
려 했다. 나는 대박이를 사료에서 멀리 떨어지게 하려고 옆에 놓
인 삽으로 위협을 가했다.

다른 개들은 대박이가 멀어진 사이 사료를 먹느라 정신이 없
었다. 그들 틈에서 일자로 축 늘어진 새우가 보였다. 새우는 축
처져 며칠째 또다시 움직임이 없었다. 바짝 야위어진 몸이 뼈만
남은 듯 앙상했다. 숨을 가쁘게 쉬는 모습이 안쓰러워 엄마와 내
가 번갈아 심장을 문질러줬다. 나는 간이 의자에 앉아 새우를 불
렀다.

"새우야!"

대답이 없어 다시 한 번 조심스레 불러보았다.

"새우야……."

새우는 내 목소리에 힘겹게 눈을 뜨더니 뭔가 힘없는 몸을 간신
히 일으켜 한 걸음 두 걸음 내 쪽으로 비척거리며 걸어왔다. 내게

로 오는 시간은 아주 느리지만 분명 새우가 몸을 일으켜 내게 오고 있었다. 잠시 후 새우는 내 발치에 다가와 간신히 몸을 뉘었다.

"…… 너…… 힘들구나."

새우의 여린 몸을 들어 올려 살며시 내 볼에 갖다 댔다.

"나…… 이제 어떡하지? 정말 모르겠어. 버스에 사는 것도…… 들켰고…… 위장 전입 했다고 오해도 받고…… 나 정말……."

갑자기 마음이 텅 빈 것처럼 내가 어디론가 멀리 떠내려가는 듯했다.

"흑……."

"흑……."

"흑…… 새우야……."

직감적으로 새우의 숨소리가 끊어졌다는 사실을 여윈 몸에서 전해지는 체온을 통해 알 수 있었다.

"너두…… 열무처럼…… 그렇게…… 무지개다리 건넌 거니? 응? 단 한 번만이라도 짖어봐. 제발! 왜 안 짖는 거야! 왜!"

갑자기 목이 메었다. 새우는 자신의 숨이 곧 끊어질 것을 알고 온 힘을 다해 내 발치에 와서 마지막 인사를 하고 숨을 거뒀다. 모든 게 그저 시한부처럼 느껴졌다. 눈물이 볼을 타고 천천히 흘렀다.

"너랑…… 나랑…… 다시…… 태어나면……."

손등으로 눈물을 닦아내며 끝말을 다하지 못했다. 저 작은 심장이 헐떡거리며 죽을 힘을 다 했다는 게 참을 수 없이 미안해 눈물이 쏟아졌다. 새우의 몸은 뜨겁지도 차갑지도 않았다. 내가 지금 할 수 있는 일이 뭘까 아무리 머릿속으로 떠올려봤지만 깜깜했다. 그렇게 한참을 싸늘하게 식어가는 새우를 가슴에 안고 멍하니 앉아 있었다.

혼자가 아니야!

우울한 월요일 아침, 오늘따라 가방이 무거웠다. 나는 마음먹고 늦잠을 잔 탓에 엄마에게 아침부터 잔소리까지 듣고 버스에서 나왔다. 학교를 빠질까 하는 갈등이 걸어가는 동안 내내 나를 유혹했다. 학교로 가는 길이 목을 조이는 것처럼 숨이 막혔다. 그중에서도 제일 마음에 걸린 건 예지였다. 예지에게만큼은 못난 친구로 기억되고 싶지 않았다. 지금까지 했던 노력이 모두 헛수고가 된 듯했다.

교실에 들어서자 자습을 하던 아이들이 곁눈질로 나를 힐끗거렸다. 교실에 있는 수십 개의 눈동자가 나를 보며 낄낄거리고 비웃는 것 같아 목이 뜨거웠다. 교실은 어느 때보다 조용했다. 나는 거미 줄 안에 갇혀 있는 벌레 같았다. 아이들의 시선을 외면하고 나는 고개를 빳빳이 들었다. 버스에 사는 게 어때서? 가난한 게 죄야? 이주노, 너 위장 전입 했어? 안 했잖아. 떳떳하고 당당해라. 겁낼 것 없잖아. 내게 쏟아질 조롱을 각오했다. 나는 지금 이 순간 다시 황금버스를 타야 했다. 첼시 축구단이 있는 런던은 주변 환경이 쾌적해 그 어느 곳보다 안전하다. 축구 경기가 있는 날이면 항상 많은 경찰들이 황금버스 주변을 에워쌌다. 원정 팬들의 사고를 미리 방지하기 위해서다. 축구장에는 언제나 함성과 야유가 동시에 쏟아진다. 축구장에 들어가기 위해서는 주머니 검사를 거쳐야 한다. 응? 주머니 검사?

"주머니에 있는 거 내놔 봐! 이주노! 넌 밤새 뭐하고 아침부터 조는 거야!"

눈을 떠보니 담임의 성난 얼굴이 보였다. 여전히 담임은 내게 담배 냄새에 대한 의혹의 눈을 거두지 않았다. 이게 다 좁은 버스에서 줄담배를 피워대는 엄마 탓이다. 그놈의 담배 냄새가 옷에 배어 흡연 학생으로 낙인 찍히고 있다. 난 교복 주머니에 손을 넣어 속단을 뒤집어 보여주었다. 텅 빈 주머니를 확인한 담임은 그제야 내 자리를 떠났다.

특별활동이 끝난 후 창가에 우두커니 서서 운동장 밖을 내다봤다. 초록의 인조 잔디가 깔린 운동장 위에서 아이들이 축구를 하고 있다. 모두들 활기찬 얼굴이었다. 난 이제부터 무엇을 어떻게 해야 될까 생각하니 모든 게 막막했다.

"너 왜 아는 척 안 해?"

뒤를 돌아보니 예지였다. 예지는 평소와 다름없는 얼굴이었다. 예지 얼굴을 보니 가슴에 쌓아두었던 무거운 기분이 순식간에 날아간 듯했다.

"아는 척 안 한 건 너야. 지금 내 기분 어떤지 꼭 말을 해야 아니?"

난 무뚝뚝하게 말했다.

"너 때문에 그날 한숨도 못 잤어."

"왜? 버스에서 산다니까 충격 먹었니?"

난 빈정대는 어투로 말했다.

"그래 충격 먹었어."

예지는 부정하지 않았다.

"그래서 뭘 어쩌라구. 다 각자의 말 못할 사정이 있는 거야. 이제 알았니?"

난 겉으로 정말 별일 아닌 듯 담담히 대꾸했다.

"난 네가 이해 안 돼."

"이해하지 마."

"왜 그렇게 당당해?"

"지금 동정하는 거냐? 그러지 마라. 난 동정이 제일 싫은 놈이다."

"동정 아냐. 그냥 넌 대단해. 나 같으면 버스에서 단 하루도 못 살아. 아마 학교도 벌써 때려치웠을 걸. 더구나 이런 돼먹지 않은 애들이 득실거리는 학교에선 말야."

예지는 뭔가 대단한 걸 발견한 애처럼 굴었다.

"그만해라. 그 딴 위로 필요 없다. 버스에서 산 적 없으면서 아는 척이냐? 닥치면 다 하게 돼 있어. 솔직히 그냥 실망했다고 해. 난 상관없으니까."

"너한테 기대한 게 없어서 실망도 없네 뭐. 어차피 사람은 다 솔직할 수 없어. 나도 너한테 말 안 한 게 있으니까."

"야, 헷갈리게 하지 마. 너 혹시 비닐하우스에 산다, 뭐 이런 얘기하려는 거 아니지."

예지는 내 말에 기가 막힌다는 표정을 지으며 깔깔댔다.

"사실 나 엄마 아빠랑 안 살아. 이혼하셨거든. 그리고 우리 엄마 재혼했어. 엄마가 나한테 결혼한다며 청첩장 줄 때 너무 역겹더라. 난 그 자리에서 그냥 가식적인 덕담을 했어. 잘 살라고. 대신 식장엔 가지 않겠다고 했어. 새색시도 아닌 엄마가 신부 화장 곱게 하고 낯선 아저씨랑 식장에 들어서는 꼴은 죽어도 못 보겠더라. 집으로 오는 길에 청첩장은 찢어서 쓰레기통에 넣었어. 이상한 건 엄마가 결혼을 했을 뿐인데 꼭 죽은 것처럼 허전하고 외로운 거 있지. 해금은 엄마가 그리울 때 늘 켜던 습관이야."

예지는 담담하게 마음을 털어놓았다. 운동장을 바라보는 예지의 모습이 어쩐지 쓸쓸해 보였다.

"야, 너 강아지 안 키울래?"

"강아지?"

"너 같은 애한테 딱 어울리는 강아지가 있는데."

"진짜?"

"우리 엄마 취미가 개 수집이야. 참 고양이도 몇 마리 있어."

"강효재가 말하던 개들이구나."

"다들 집 잃은 개들이야. 지금 입양할 사람을 찾는 중인데 네가 입양 1호가 되어주면 땡큐다."

"이번 주 토요일에 강아지 보러 갈까?"

예지는 강아지 얘길 하자 얼굴이 환하게 바뀌었다.

"오케이! 고맙다 예지야. 넌 역시 내 베프야!"

"누구 맘대로 네 베프래?"

"너 베프의 뜻을 모르네? 많이 베푸라고 해서 베프야!"

"참 말도 잘 짓네. 네 맘대로 하세요."

우린 서로를 보며 오랜만에 크게 웃었다.

수업이 끝나고 교실을 나가려는데 호영이가 내게로 다가왔다.

"이주노, 너 우리 축구부 들어와라."

"뭐? 축구부?"

"그래. 희재가 호주로 유학 갔잖아. 그 자식이 중앙 수비수 역할은 잘했는데."

"준수가 축구부 들어가는 기준이 만만찮다고 하던데."

"기준은 무슨, 그거 다 허세야. 체육 시간에 보니까 너 몸이 제법 빠르던데……."

호영이가 던진 축구부 제안은 솔깃한 이야기였다. 그렇다고 선뜻 그 제의를 받아들이는 것도 어쩐지 마음이 개운치 않은 구석이 있었다. 버스에서 사는 괴물 같은 놈에게 호감이 간다는 의미인지 그 저의가 의심스러웠다.

"너 내가 버스에서 산다고 지금 동정 하냐?"

"이주노! 너 그 정도밖에 안 돼? 다 각자의 사정은 있는 법이야. 넌 그냥 우리 반 친구야. 내일부터 점심 먹고 운동장으로 나와!"

"나 그렇게 몸값 싼 놈 아니다. 맘 맞는 니들끼리 해!"

나는 단호한 어투로 호영에게 그 말을 남기고 교실을 나왔다. 그래도 호영의 제안은 기분이 썩 나쁘지 않았다. 호영이를 그저 반장 이상도 이하도 아니라 취급했는데 뭔가 생각이 남다른 구석이 있는 녀석이었다. 갑자기 재수때기 원장이 머리에 스쳤다. 새우를 쓰다듬던 마지막 날이 또다시 마음을 시리게 했다.

토요일 오후, 예지가 버스로 찾아왔다. 마침 엄마는 주디랑 외출

하고 버스에는 아무도 없었다. 예지는 버스 안이 궁금한지 호기심 어린 눈으로 기웃거렸다.

"거의 염탐 수준이구만."

"이게 뭐 염탐이냐? 허락 맡고 보는 게 뭐 어때?"

"내 팬티 보여주는 느낌이다."

"니 팬티가 버스냐?"

"말이 그렇다는 거야. 에이씨, 빨랑 나와."

예지는 내 재촉에 마지못해 버스에서 내렸다. 예지는 버스에서 나온 후에도 화장실은 어디로 가는지, 식수는 어디서 가져오는지 꼬치꼬치 물었다. 지난번 은행에서 예지와 만날 수밖에 없었던 상황을 듣더니 배를 잡고 한참을 웃어댔다. 어쨌든 우리는 이제 서로에게 비밀이 없어졌고 더 친숙해진 기분이었다.

예지와 함께 개들이 모여 있는 공터 구석으로 갔을 땐 이미 개들이 예지를 향해 짖기 시작했다.

"워워."

예지가 개들을 다독였다. 그리고 한 마리씩 머리를 쓰다듬어주었다. 개들은 경계를 풀고 신기하게 예지의 손길을 기다렸다.

"신기해. 이 개들이 다 너희 개야?"

"솔직히 말하자면 어쩔 수 없이 키우는 거야."

"엄마 때문이라고 했지? 근데 너희 엄마 좋은 일 하신다."

"좋은 일?"

"그래? 유기견 아무나 못 키워. 훌륭한 일 하는 거잖아."

"글쎄? 네 눈에는 훌륭해 보일지 몰라도 난 너무 귀찮아."

"근데 이 개들은 누가 다 버린 걸까?"

"병들어서 버리고 귀찮아서 버리고…… 그랬겠지."

"버려진다는 건 슬픈 일인데……."

예지는 개들을 보며 잠시 얼굴빛이 어두워졌다.

"이 고양이들 이름이 뭐야."

"얼룩이와 덜룩이."

"이름 한번 저렴하네."

"우리 엄마가 고민 안 하고 지었어. 너무 귀한 이름 붙이면 단명한다고. 말도 안 되지만……."

"내가 얘네들 키울까?"

"진짜?"

"난 혼자잖아. 가끔 외로울 때가 있었거든."

"둘이나 키울 수 있어?"

"통영에서 고양이 키운 적 있어. 죽었지만. 그리고 두 마리 같이 가야 나 없어도 잘 놀지."

"믿을 만한 입양자네."

"이제 알았어? 나 동물 애호가야."

"엄친 딸이 동물 애호가라니. 그럼 우리 개들 좀 다 데려가면 안 될까?"

"난 네가 아니거든."

예지는 날 향해 눈을 한 번 흘기더니 고양이들을 살펴보았다. 예지는 그날 오후가 되도록 공터에서 개들을 돌봤다.

예지가 집으로 돌아간 후 나는 엄마에게 고양이 입양에 대해 의논하는 시간을 가졌다. 엄마는 고양이들을 입양한다는 사실에 팔짝팔짝 뛸 듯이 기뻐했다. 입양자를 기다린 보람이 있다며 나머지 개들도 분명히 새 주인이 나타날 거라고 기대하는 눈치였다. 쓸데없이 기대감을 높여준 것 같아 걱정이었지만 엄마의 기분을 망치고 싶지 않아 부정적인 말을 하지 않았다. 엄마는 입양에서 한 단계 더 나아가 장난스러운 질문까지 했다.

"너 예지 좋아하지?"

"갑자기 무슨 소리야!"

"바른 대로 불어라! 이주노 저 고양이 임자는 나거든."

"그래서 어쩔 건대?"

"솔직하게 인정하면 줄 거야."

"그래! 좋아해! 좋아한다고. 이제 됐어?"

"그럼 데려가 선물로 줘. 근데 제대로 안 키우면 다시 뺏는다고 꼭 전해."

"이건 무슨 똥배짱이야!"

나는 엄마를 향해 소리를 질렀지만 엄마의 눈에도 내가 예지를 좋아하는 게 보이나 보다. 사랑과 감기는 숨길 수 없다는 말이 떠올랐다.

굴욕의 시간

"주노야, 엄마한테 고양이들 얘기해봤어?"

점심시간이 끝날 무렵 예지가 입양에 대해 물어왔다.

"이번 주 토요일에 데려다줄게."

"와! 드디어 캣맘 됐네."

그때 밥통들이 일렬로 나와 예지 주위로 모였다.

"그림 죽여주네. 이주노, 이리 와봐. 좋은 그림 보여줄게."

난 효재를 무시하며 그들 사이를 빠져나가려 했다. 그러자 밥통들 중 하나가 내 팔을 붙잡아 끌었다. 그리고 휴대폰을 내 눈 가까이 들이댔다. 예지는 놀란 눈을 하고 내 뒤로 물러섰다.

"야, 이거 귀한 야동인데 보내줄까?"

"치워!"

"자식 겁나게 거만하네. 버스에 사는 주제에."

"버스에 사는 게 어때서?"

"어쭈, 대들어. 이게 무서운 게 없네."

"신경 꺼라."

"하아 그래? 그 팔에 있는 이 문신은 뭐냐! 꼴에 커플 문신은……."

"내가 해준 거야. 뭐 잘못됐니?"

예지가 눈을 부릅뜨며 효재를 향해 쏘아붙였다.

"야아, 무섭네. 누가 뭐래? 끼리끼리 잘 놀아봐라."

효재는 야비한 눈으로 날 내려봤다.

"둘이 연애하냐? 벌써 야동 한 편 찍은 거 아냐. 워워……."

"이 새끼가? 너 말 다했어?"

"그래 말 다했다면 어쩔래? 이 변태 새꺄."

효재는 핸드폰으로 내 턱 쪽을 툭툭 쳐대며 깐족댔다. 그때 마침 수업종이 울리는 소리가 들렸다. 종이 울리자 밥통들이 우르르 흩어졌다. 효재도 나를 한번 째려보더니 교실로 들어갔다. 나는 그 순간을 놓치지 않고 교실로 들어가는 효재의 뒷덜미를 와락 움켜쥐고 복도로 질질 끌어냈다. 난 효재의 얼굴 쪽으로 주먹을 한 방 날렸다. 효재는 느닷없이 날아오는 한 방에 복도로 나가떨어졌다. 복도 바닥에 주저앉은 효재에게 내가 다시 한번 주먹을 날리려는 순간, "이게 무슨 짓들이야?" 하며 다음 수업에 들어오려던 도덕 선생님의 목소리가 들렸다. 여전히 분이 풀리지 않은 나는 효재의 멱살을 다시 잡아끌었다.

"너 깡패야!"

도덕 선생님이 내 오른팔을 손아귀로 잡으며 버럭 고함을 쳤다.

"놔요! 이 자식은 더 맞아야 돼요."

"이주노! 너 그 손 놓지 못해!"

도덕 선생님의 호통이 복도 전체에 울렸다. 이번 기회에 효재 버릇을 단단히 고쳐주고 싶었다. 학교가 해결해주지 않으면 나라도 확실하게 버릇을 고쳐놓고 싶었다. 효재도 지지 않고 눈을 부라리며 나를 노려보았다. 도덕 선생님이 말리는 바람에 또다시 멱살을 풀었다. 효재는 씩씩거리며 분하다는 듯이 입술을 깨물었다.

도덕 수업이 끝날 때까지 우리 둘은 복도에 서서 수업을 들었다. 창문에서 들려오는 도덕 선생님의 수업 내용이 귀에 들리지 않았다. 오직 머릿속에는 효재에 대한 분노뿐이었다. 세상에서 가장 끔찍한 놈과 나란히 서 있었다. 도덕 수업은 아주 지루했고 시간은 어느 때보다 더 길게 느껴졌다. 끝나는 종이 울리자 나는 도덕 선생님을 따라 교무실로 갈 각오가 되어 있었다. 그러나 도덕 선생님은 우리 둘에게 주의만 준 채 아무 문제를 삼지 않았다.

방과 후 교문 쪽으로 걸어가는데 누군가 내 어깨를 잡아챘다.

"너 존 말 할 때 체육관 뒤로 와라."

밥통 패거리 중 한 명이었다. 그놈들과 마주하고 싶지 않았다. 그것보다 체육관 뒤에서 벌어질 일들이 먼저 떠올랐다. 효재의 보복이 기다리고 있을 게 뻔했다. 그렇다고 이 상황을 피할 수는 없었다. 언젠가 한번 부딪혀야 될 문제였다.

운동장을 가로질러 체육관 뒤로 가자 예상대로 효재와 밥통들이 모여 키득대고 있었다. 효재는 날 보자마자 주먹으로 선방을 날렸다. 피할 틈도 주지 않았다. 벼르고 벼른 아이처럼 주먹은 단단했다.

"새꺄 무릎 꿇어."

난 무릎을 꿇지 않았다.

"안 꿇어? 할 건 하고 가자."

효재의 주먹이 다시 오른쪽 뺨 쪽으로 획 하고 날아왔다. 날아오는 주먹에 눈을 질끈 감았다. 볼이 뜨거웠다. 효재는 밥통들에게 고갯짓을 했다. 그러자 밥통들이 우르르 달려와 내 배와 등을 마구 짓밟았다. 난 주저앉지 않으려고 비틀거리면서 견뎠다. 그러는 사이 효재가 내 배에 발길질을 가했다. 그 순간 다리에 힘이 빠지며 바닥에 무릎을 꿇고 말았다. 밥통들이 일제히 낄낄거렸다.

"이렇게 맞고 꿇을 걸 왜 개겨!"

그때 효재가 주머니에서 뭔가를 꺼내 내게 내밀었다. 무슨 잎사

귀처럼 보였는데 효재는 그걸 말아서 입에 넣으며 질경거렸다.

"이거 천연 담배인데 한 번 씹어볼래?"

나는 고개를 저었다.

"자식 쫄기는. 이래 봬도 이게 버지니아 산이야."

밥통 패거리 중 한 놈이 효재가 주는 잎사귀를 질경거렸다.

"너 튄다는 게 얼마나 재수 없는 건지 아니? 겁대가리 없이 위장 전입 한 주제에."

"난 위장 전입 안 했어!"

"누가 믿어 이 새끼야!"

다시 한번 효재의 주먹이 훅 하고 복부 쪽으로 날아왔다.

"이주노! 너 이거 아냐? 미국에 인종차별이 있다면 여긴 인간 차별이 있어? 몰랐냐? 내가 한국으로 돌아왔을 때 기분이 어땠는지 아니? 구명보트를 탄 것 같더라. 여기선 친구들도 많이 꼬이고 내 말에 고분거리는 애들 천지거든. 날 괴롭힌 미국 새끼들이 날 왜 괴롭혔는지 이해가 되더라. 그래서 용서하기로 했다. 너도 어렵게 살지 마라."

말이 끝나자마자 이번엔 주먹이 머리로 획 하고 날아왔다.

"이건 뭐 고분고분한 것도 아니고 나대기만 해요. 그래서 밟는 거야. 알아? 잡초는 밟으면 밟을수록 잘 자라잖아. 헤헤헤헤."

효재가 비열하게 이를 드러내며 웃었다.

"어때, 너 그만 재고 내 밑으로 들어올래?"

"미친 새끼!"

나는 있는 힘을 다해 포효하듯 반항했다.

"으으…… 씨발 내 말 들어라. 그렇지 않으면 예지 죽는다."

나는 예지라는 말에 정신이 번쩍 들었다.

"예지 건드리면 너희가 죽을 줄 알아!"

"새꺄, 그 입 닥쳐! 모든 건 너 하기에 달린 거 몰라!"

난 예지라는 말에 반항 한번 제대로 못하고 마지막까지 밥통들에게 밟혔다. 그들은 얼마간 분이 풀릴 때까지 패더니 이내 사라졌다. 등에 쇠몽둥이라도 달아놓은 듯 온몸이 무거웠다. 얼굴은 화끈거리고 욱신거렸다. 한 군데도 성한 곳이 없이 쑤셨다. 밥통들이 떠난 자리는 휑했다. 그러나 폭력은 또 다른 폭력을 낳는다는 말이 맞았다. 예지를 위해서라면 기꺼이 맞으리라. 저들은 내가 맞서서 싸울 상대가 아니었다. 바닥에 누운 채로 하늘을 올려다보았다. 하늘은 참 파랬다. 그리고 눈이 부셨다. 그 하늘에 다시금 황금버스가 아른거렸다. 무거운 몸을 일으켜 황금버스에 냉큼 올라타고 싶었다. 이번만큼은 내 맘대로 하고 싶었다. 황금버스를 타고 하늘을 날아 절대로 지구로 돌아올 수 없는 곳에 있는 행성으로 달렸으면 했다. 황금버스 안에서 학교와 버스를 내려다보며 깔깔거리며 비웃고 싶었다. 우주에서 본 학교와 버스는 점 하나도 되지 않을 텐데 나는 점 하나도 안 되는 체육관 공터에서 지금 뻗어버렸다. 나 하나 사라진다 해도 세상은 달라지지 않을 거다. 그러나 황금버스를 타고 있다면 효재도 날 만만하게 보지 않고 위장 전입에 대한 오해도 사라지겠지. 난 그들에게 아무것도 원하지 않았는데 그들은 나를 짓밟고 흔들고 혐오했다. 횡단보도를 건너다 차에 치인 개처럼 가쁜 심장을 헐떡거리는 내가 싫다. 화끈거리는 볼 위로 눈물이 주르르 흘렀다. 눈물은 멈추지 않고 자꾸만 자꾸만 볼을 타고 흘렀다.

버스로 돌아온 시간은 이미 해가 진 뒤였다. 공터 담벼락에 붙어 있는 빛바랜 거울에 다가가 얼굴을 살폈다. 입술에 피가 맺혀 부풀어 올랐고 입안은 감각이 없었다. 나는 구겨진 교복에 주름을 펴고 각을 잡았다. 얼굴이 좀 일그러지긴 했으나 남자애들에게는 흔하게 일어나는 일이라고 엄마에게 말하는 것도 나쁘지 않을 것 같다.

버스 안으로 들어서자 엄마와 주디는 저녁을 먹고 있었다.

"왜 이리 늦었어? 얼굴 꼴은 그게 뭐고? 그 옷은 또 뭐래?"

"축구했어."

"축구를 얼굴로 했냐. 고양이 새끼가 수도 없이 핥고 지나갔구만. 어여 저녁 먹어."

엄마는 오랜만에 이모네 집에 들러 반찬 몇 가지를 가져온 모양이었다. 저녁상에 멸치조림과 달걀조림이 보였다.

"달걀조림 맛있어."

주디가 달걀조림을 오물거리며 말했다.

"주디 너 이모 봤지. 고깟 반찬 몇 가지 싸주면서 집으로 들어오란 소린 안 하잖아. 그게 이모야. 반찬 몇 가지로 어물쩍 넘기려는 거 누가 모를 줄 알아."

"우리가 거지야! 이모 집에 들어가게!"

돌덩이를 물고 있는 듯한 입으로 나도 모르게 소리를 질렀다. 엄마는 이모의 고등학교 학비와 전문대 학비를 댔다는 것을 언제나 과시했다. 신세를 진 사람은 꼭 그 은혜를 갚아야 도리라는 거다. 그래서 이모는 우리 생활비를 보조해주고 있다.

"너 혹시 누구랑 한판 붙었냐? 왜 집에 와서 성을 내!"

"엄만 몰라도 돼."

"이 녀석이 툭하면 몰라도 된대. 열 달 동안 뱃속에 넣은 엄마가 모르면 누가 알아? 너도 삐딱선 계속 탈 거면 호적에서 팔 거야."

"나랑 생각이 같네. 엄마 호적에서 뛰쳐나가고 싶었는데 잘됐네."

나도 엄마 말에 어깃장을 내며 맞받아쳤다.

"야! 이주노 너 말 다했어!"

"그러니까 엄마도 툭 하면 호적에서 팔 거란 소리 그만해. 내가 자진해서 파는 수가 있어."

"아! 진짜 저게……."

엄마는 더 이상 말을 잇지 못했다. 한 가지 분명한 건 누군가 엄마를 다시 선택하라면 난 절대 현재의 엄마를 선택하지 않을 거다. 지금 내 앞에 있는 엄마는 단 한 번이니까 참는 거다.

밤이 되자 온몸이 불이 난 듯 욱신거려 잠을 이룰 수 없었다. 나는 두 팔로 몸을 감싸며 끙끙댔다. 빌어먹을 자식, 진짜 일대일 붙어보면 한주먹거리도 안 되는 녀석이다. 엄마와 주디만 아니면 녀석을 분이 풀릴 때까지 패고 여길 뜰 수 있을 텐데 저 두 화상 때문에 내 맘대로도 못한다. 그렇다고 이대로 언제까지 당하고만 있을 수는 없었다. 드롭킥을 한 방 날릴 때가 분명 올 거야. 속으로 이런 말을 하며 내 안에서 폭발하려는 뭔가를 눌렀다.

밤새 끙끙 앓는 탓에 늦잠을 자버렸다. 평소보다 늦게 학교에 도착했다. 나는 교실에 들어가고 싶은 마음이 전혀 없었다. 1교시 수업종이 울릴 무렵에야 교실로 들어갔다. 내가 좋아하는 과학 시간이었다. 과학 수업이 시작되었는데도 예지의 자리는 텅 비어 있었다. 어제 일이 걸렸다. 밥통 패거리들에게 온통 신경이 가 있는 바람에 예지의 마음을 살피지 못했다. 예지는 밥통들 때문에 수치심을 느낀 게 분명하다. 1교시가 끝나자마자 예지에게 문자를 넣었다.

예지야 어디 아프니? ^^

　예지에게 문자를 보낸 후 한 시간이 지나도 답이 없다. 불안이 서서히 밀려왔다. 예지의 자리로 가 보았다. 창가 네 번째 자리에는 주인 없는 책상이 덩그러니 놓여 있었다. 예지의 자리에 앉아 잠시 창밖을 내다보았다. 예지가 올지 모른다는 생각에 교문 쪽을 살펴보았지만 예지는 보이지 않았다. 예지의 흔적을 찾기 위해 책상 서랍 안을 들여다보았다. 서랍 안에는 예지의 노란 연습장이 밖으로 튀어나와 있었다. 노란 연습장이 예지처럼 정겨웠다. 노란 연습장을 펼치자 가지런한 예지의 손 글씨가 보였다. 예지의 머릿속에 무엇이 있는지 알고 싶었다. 노트를 들추자 통영이란 단어와 바다, 엄마라는 단어들이 어지럽게 낙서 되어 있었다. 이주노라는 이름이 노트 어딘가에 있을 것 같아 샅샅이 단어들을 살폈지만 아쉽게도 내 이름은 없었다. 예지의 마음을 훔쳐볼 수 있는 절호의 기회였지만 특별한 수확은 없었다. 노트의 마지막 장을 덮는 순간 내 두 눈을 번쩍하게 만든 단어가 보였다. 죽음, 죽음이라는 단어였다. 죽음이란 단어는 다양한 글자 크기로 노트 한 장을 가득 채웠다. 설마 예지가? 밥통들 때문에 해서는 안 될 일을 저지르는 게 아닌가 하는 불길한 생각이 들었다. 나는 속이 메스거울 정도로 몸이 부들부들 떨렸다.

2교시 내내 수업에 집중할 수 없었다. 머릿속에서 죽음이라는 단어가 도돌이표처럼 반복되었다. 예지의 노트를 손에 꼭 쥐고 놓지 않았다.

"예지야, 제발…… 제발……."

예지를 애타는 마음으로 불렀다. 불길한 상상은 걷잡을 수 없이 커져만 갔고 떨칠 수가 없었다.

점심시간에 예지에게 전화를 걸었다. 예지의 핸드폰은 꺼져 있었다. 이대로 가만히 있을 수 없었다. 지금 내게 다음 수업은 의미가 없었다. 지금 이 상황에서 내가 할 수 있는 일이 하나도 없다. 미덥지 않지만 다시 담임에게 도움을 요청할 수밖에 없었다. 또다시 고자질쟁이라는 소리를 듣는 한이 있더라도 예지의 행방만은 찾아야 했다. 예지 입으로는 그 누구에게도 도움을 요청할 수 없다. 예지는 수치심으로 이제 지쳐버렸는지도 모른다. 이런 상황에 내가 할 수 있는 일이 없다는 사실이 절망적이었다.

일단 교무실로 내려갔다. 당장 담임을 만나야겠다는 생각이 들자 마음이 분주했다. 교무실로 뛰어 들어가 담임 자리를 먼저 보았으나 빈 의자만이 보였다. 다시 교무실 안을 둘러보았으나 담임은 없었다. 그때 수학 선생님이 내 쪽을 보며 물었다.

"무슨 일이야?"

"담임 선생님을 뵈려구요."

난 그 말을 하면서 이가 부딪칠 만큼 떨렸다.

"수업 들어갔지. 급한 일이야?"

"급해요. 아주."

"나한테라도 말해봐. 네 안색을 보아하니 꽤 급한 것 같은데……."

난 잠시 담임이 아니라는 사실에 망설였지만 꼭 담임이어야 할 필요도 없었다. 이건 학교의 일이기 때문에 누구에게도 도움을 청할 수 있었다.

"저…… 예지라는 애가 오늘 결석했는데 책상에서 이걸 발견했어요."

수학 선생님께 예지의 노트 마지막 장을 보여줬다. 수학 선생님은 예지의 노트를 보면서 한참을 골똘히 생각에 잠겼다.

"이리 앉아봐. 이건 그냥 낙서일 뿐인데, 뭔가 짐작 가는 거라도 있니?"

수학 선생님이 드디어 사태의 심각성을 알아주는 것 같아 너무 반가웠다. 진지한 태도도 신뢰가 갔다. 그동안 효재 패거리들의 행패와 체육관 폭행 사건도 솔직하게 털어놓았다.

"효재한테 네가 맞았다는 거지?"

"네."

"맞은 증거가 있니?"

나는 입술에 맺힌 상처 딱지와 배와 등에 난 피멍 자국을 보여줬다.

"너 이 일 엄마한테 말했니?"

"아뇨. 아직…….."

"일단 옷 좀 걷어봐라. 사진 좀 찍어두게. 멍은 시간이 가면 사라지는 거니까."

수학 선생님은 내 얼굴과 등, 다리 등에 난 멍 자국을 사진으로 남겨두었다. 담임보다는 훨씬 적극적인 대응을 하고 있어 믿음이 갔다.

"일단 내가 너희 담임 나오거든 의논하고 조치할 테니 넌 걱정말고 교실로 들어가 수업 받고 있어. 그리고 이런 얘기 다른 애들한테는 함부로 떠들지 말고. 수학 선생님은 당부의 말까지 하며 안심을 시켰다.

교실로 돌아왔지만 여전히 예지의 자리는 텅 비어 있었다. 예지야 설마, 아니지? 몹쓸 상상이 머릿속을 떠날 줄 몰랐다. 교실이 점점 흑갈색으로 어두워지는 것 같아 두려웠다.

쉬는 시간이 끝나고 다음 수업이 시작될 무렵 교내 방송에서 내이름이 불렸다. 교무실로 오라는 호출이었다. 드디어 올 것이 왔다는 생각이 들자 비장한 마음까지 들었다. 아이들은 내 이름이 방송으로 나오자 모두들 내 얼굴을 바라보았다. 효재 녀석은 내가 교실을 빠져나올 때까지 아무런 낌새도 채지 못한 밥통들과 장난을 치고 있었다.

교무실로 들어서자 담임과 수학 선생님이 대화를 나누고 있었다. 둘의 표정이 심각해 보였다. 담임은 나를 보자 또 너니? 하는 불만 가득한 얼굴로 자리에서 일어서더니 "따라와" 하고 한 마디만 무뚝뚝하게 말했다.

북쪽 끝에 있는 상담실에는 해가 들지 않아 어두웠다. 담임의 표정이 조금 전보다 더 무거웠다. 담임은 한동안 예지의 노트만 들여다보더니 겨우 입을 열었다.

"너, 왜 이 일을 수학 선생님한테 먼저 말했니?"

의외의 말에 가슴이 답답했다.

"선생님이 안 계셔서요."

"그렇다고 담임인 날 두고 수학 선생님한테 얘길 해!"

"누구한테 먼저 얘기하는 게 중요한가요?"

담임은 내가 쓸데없는 짓이라도 한 것처럼 책망했다. 예상을 비켜나지 않는 담임의 태도에 나도 지지 않고 말대답을 했다.

"두 분 다 선생님이잖아요."

"내 얘기는 그러니까 날 기다려야 맞는 거 아니냐는 거지. 이런 중요한 일에 다른 반 선생님이 개입되는 거 좋지 않아. 내가 해결할 수 있는데 넌 너무 성급했어. 그리고 예지의 낙서만으로 자살을 단정하는 게 너무 앞서간 거 아냐?"

"전 예지가 위험하다고 판단했어요."

"네가 그렇게 떠벌리는 바람에 교장 선생님 호출에다 예지 부모님까지 알아버렸어. 예지는 확인 결과 통영 집에 갔다더라. 서둘러 가느라 핸드폰도 두고 간 거고, 그 덕에 학교에 연락도 못 했구. 이제 됐니?"

"그…… 그럼 다행이구요."

난 담임의 뜻밖의 말에 잠시 당황했으나 예지의 안부가 확인되자 한편으로 마음이 놓였다.

"네가 사고 친 덕에 내일 학부모 회의가 소집되기로 했다."

담임은 친구의 위험을 알린 게 사고라고 표현했다. 나는 사건을 일으킨 장본인처럼 갑자기 죄인이 된 듯했다. 담임의 짜증스러운 눈초리에 상담실을 뛰쳐나오고 싶었다. 다친 데 없니? 아프진 않았어? 담임이라면 최소한 이런 말 정도는 물어야 한다. 담임은 피해자인 내가 가해자라도 되는 양 시종일관 냉랭한 태도였다.

"조용하게 끝날 일을 넌 크게 벌인 거야. 내일 엄마 모셔 오도록 해라."

상담실을 나와 버스로 가는 내내 마음이 진정되지 않았다. 피해자인 내가 꼭 가해자가 되어버린 듯했다. 담임은 기본 중에 기본인 학생을 보호해야 한다는 사실을 망각한 인간 같았다. 그런 생각이 미치는 동안 어느덧 버스에 와 있었다. 공터 입구부터 삼삼오오 사람들이 기웃거리며 구경하고 있었다. 사람들이 모인 것만 봐도 절로 숨이 막혔다. 가까이 다가가 보니 은행 쪽 사람들이었다. 그들은 엄마를 빙 둘러섰다. 더구나 공터 한쪽에는 공무수행이라고 적힌 하얀 승합차까지 와 있었다. 엄마는 코너에 몰린 사람처럼 하얗게 질린 얼굴로 당황한 기색이었다. 주디는 버스 창문으로 빼꼼히 고개를 내밀고 밖을 내다보았다. 이런 일이 여러 번 반복되는 게 지겨워 그냥 지켜만 보았다.

"아줌마, 이제 알아들었죠. 공포감이나 소음을 유발하는 시설들은 그냥 방치할 수가 없어요. 앞으로 열흘 말미를 드릴 테니 여길 떠나세요. 그러지 않으면 공무 집행 방해로 버스랑 개들도 함께 처리할 수밖에 없습니다. 이건 마지막 경고니까 명심하세요. 이거 철거 계고장이니까 떼지 말고요."

공무원으로 보이는 남자가 버스에 흰 종이 스티커를 붙이며 엄마에게 엄중하게 말했다. 엄마의 낯빛이 점점 잿빛으로 변해가고 있었다. 엄마는 소리를 지르는 게 엄마다웠다. 버스가 철거된다는 말은 엄마에게도 큰 충격이었다.

사람들이 돌아간 후 엄마는 버스 바닥에 기운 없이 누워 일어날 기미가 없었다. 그렇게 한 시간이 지난 후에야 일어나 담배 한 개비를 꺼내 불을 붙였다. 이런 상황에 도저히 내일 학부모 호출이라는 말이 입에서 나오지 않았다. 그보다 더 큰 문제는 버스 앞 유리에 붙은 철거 계고장이었다. 엄마도 이제 현실을 받아들일 수밖에 없다.

"쟤네들 이번 기회에 모두 다 유기견 보호소에 보내자. 이제 어쩔 수 없잖아."

내가 진지한 얼굴로 엄마에게 말했다. 엄마는 내 말이 떨어지기가 무섭게 자리에서 벌떡 일어나 소리를 질렀다.

"야! 이주노, 너 정말 이럴래. 너까지 배신 때릴 거냐구!"

엄마는 바뀐 게 하나도 없었다. 이번엔 나도 물러서지 않았다.

"엄만 사고만 칠 줄 알지 대책이 없잖아! 이모네라도 가려면 별수 없어!"

"너 왜 그렇게 모질어? 너 눈엔 쟤네들 안 보여!"

"그럼 엄마는 쟤네들만 눈에 보이고 나랑 주디는 안 보이지? 엄만 왜 항상 저 개들만 감싸고 도는 거야. 나도…… 다른 애들처럼…… 평범하게 살고 싶어! 이건 무료 급식만 안 먹었지 노숙자나 마찬가지야!"

난 지금까지 참아왔던 말들을 두서없이 쏟아냈다.

"사람들이 하루가 멀게 찾아오잖아. 엄마는 그게 좋아? 우리가 아무리 저 개들 끼고 살아도 제대로 돌보지 않으면 새우나 열무처럼 그냥 죽어."

"새우는 지병이 있었잖아."

"그래도 약 먹이면 오래 살 수 있었어. 돈 없어서 죽은 거야."

"유기견 보호소로 보내는 것만은 절대 못하겠어. 진짜야. 나도 내 맘을 어찌하질 못하겠다구."

"엄마가 못하면 내가 할 거야! 우린 할 만큼 했어. 어차피 죽을 거면 빨리 죽는 것도 나쁘지 않아!"

"너 진짜 이럴래? 이주노 내 아들 맞니? 세상사 네 맘대로 될 것 같지! 그게 다 맘대로 될 것 같으면 엄마가 여기까지 안 왔어."

엄마는 반도 못 태운 담배꽁초를 바닥에 비비며 나직이 말했다.

그날 밤 한바탕 다툼이 끝난 뒤 버스 안은 고요했다. 엄마의 호출도 끝내 말하지 못했다. 이대로 있다가는 머리통이 터질 것 같아 슬그머니 버스를 나왔다. 하늘은 비가 올 것처럼 별이 하나도 보이지 않았다. 단지 달이 구름 속에 파묻혀 보일 듯 말 듯 했다. 엄마 말대로 뚫린 건 하늘뿐이 없다는 말이 틀리지 않았다. 무작정 거리를 걸었다. 공터에 있는 버스에서 최대한 멀어지고 싶었다.

다음 날 학교에 등교하자 예지가 벌써 와 있었다.

"너 어제 사고 쳤다며. 난 그런 줄도 모르고……."

"내가 미쳤니? 저런 밥통들 때문에 하나밖에 없는 목숨을 끊게."

"네 말이 맞다."

"엄마 오시니?"

"아니."

"왜? 이번엔 꼭 오셔야지."

"엄마가 기분이 좀 안 좋아. 그래서 말 안 했어."

"그렇다고 말 안 하면 어떡해! 밥통들을 혼내줄 절호의 찬슨데. 걔네 부모님들 보통 아닌 것 같더라. 어제 우리 아빠랑 걔네 부모님이랑 통화하면서 단단히 다짐을 받았어. 다시 또 날 괴롭히면 언론에 알리겠다고! 좀 겁먹은 것 같더라."

"그랬구나."

담임이 조회가 끝난 후 날 교무실로 불렀다.

"엄마는?"

"엄마가 아파서 못 오실 거예요."

난 마지못해 대답했다. 담임은 별 다른 말을 하지 않았다.

"그거 안됐구나. 너 혼자 감당할 수 있을지 모르겠지만, 그럼 지금 바로 교장실로 가자."

모든 일이 아주 빠르게 진행되고 있는 느낌이었다.

교장실에서 학교 폭력 대책 자치 위원회가 소집되는 일은 근래에 처음 있는 일이라고 담임은 내게 말했다. 교장실 문을 열고 안으로 들어서자 회의실에는 교장 선생님과 교감 선생님, 인성 부장님, 담임, 학생주임, 그리고 몇 명의 부모님들이 보였다. 효재가 맞은편에서 머리를 뒤로 젖힌 채 손을 모으고 앉아 있는 모습이 보였다. 밥통들의 부모님으로 보이는 사람들도 여럿이 와 있었다. 그들은 내가 들어서자 옆 사람과 소곤거렸다. 탐탁지 않은 눈초리가 방 안 공기를 무겁게 만들었다. 나는 의자에 몸을 바짝 붙이고 몸을 움츠렸다. 나도 모르게 눈꺼풀이 무겁게 내려갔다.

학년주임 선생님이 먼저 일어나 그동안 사건의 개요를 정리해서 발표했다. 사건은 말 그대로 나와 예지가 그동안 밥통들에게 당했던 일들이었다. 학주의 말이 끝나자 이번엔 교장 선생님의 말씀이 이어졌다.

"이번 사건이 우리 학교에서 일어났다는 사실이 교장으로서 안타까울 뿐입니다. 어쩌다 보니 이런 불미스러운 일이 학교에서 벌어졌네요. 아이들끼리 치고 박는 일들은 예전부터 흔하게 일어나긴 했는데 그냥 넘어갈 수 없는 상황이라 회의를 소집했습니다."

교장 선생님의 말이 끝나자 효재 어머니가 입장을 발표했다.

"먼저 이주노 학생과 황예지 학생에게 미안하게 생각해요. 아들 때문에 물의를 일으킨 것도 면목이 없구요. 사실 이런 일들은 제가 학교 다닐 때도 있었던 일들이죠. 아이들 가운데는 힘이 센 아이들도 있고 약한 아이도 있습니다. 부자가 있으면 가난한 아이도 있는 거잖아요. 아이들은 싸우면서 큰다는 옛말도 있듯이 그냥 자연스러운 성장으로 봐주시면 좋겠어요. 제가 요즘 우려하는 것은 언론이 무조건 가해자와 피해자라는 공식을 들이대 애들을 죄인 다루듯 하는 거예요. 어른들이 먼저 큰 문제나 되듯이 아이들 문제를 확대시키는 것도 못마땅하구요. 이 동네 애들치고 나쁜 애들 어디 있나요? 요즘 다른 동네에서 위장 전입 하는 애들 때문에 물 흐리는 게 더 문제죠."

효재 엄마의 말에 다른 엄마들도 수긍이 간다며 머리를 끄덕였다. 효재 엄마는 더 말을 이어갔다.

"저는 주노 학생 역시 문제가 있다고 봅니다. 효재만 가해자가 아닙니다. 얼마 전에 제 아들 입술이 터져 피멍이 든 걸 보고 다그쳐 물어보니 주노한테 맞았다고 하더군요. 학교 폭력으로 신고하려다 아들이 말리는 바람에 참은 적도 있구요. 왜 제 아들만 가해자라고 하는지 억울합니다."

교장 선생님은 눈을 지그시 감고 효재 엄마의 말을 묵묵히 듣고만 있었다. 효재 엄마의 말을 듣다 보니 갑자기 내가 가해자가 된 것 같았다.

효재 엄마는 이제 한 발 더 나아가 학교에 경고성 발언을 했다.

"만약 학교에서 이 문제를 더 부풀리거나 애들에게 징계를 준다면 저도 가만있지는 않겠어요."

효재 엄마의 말이 끝나자 교장실 분위기가 한층 더 무거워졌다. 학생주임 선생님은 일어나 다음으로 내 차례임을 알려주었다.

"참고로 이주노 학생 어머니가 몸이 아픈 관계로 참석하지 못했습니다. 그래서 이주노 학생의 입장을 직접 들어보려고 합니다."

내 차례라는 말에 입이 얼어붙은 것처럼 두려움이 엄습했다. 효재 엄마의 강경한 태도가 나를 긴장하게 만들었다. 그때 익숙한 음성이 귀에 들렸다.

"제가 좀 늦었네요. 주노 엄마예요."

믿어지지 않는 일이 일어났다. 엄마가 어느새 교장실 뒷문으로 들어와 학부모들 틈에 끼어서 회의를 지켜보고 있었던 것이다. 엄마 뒤로 보이는 얼굴은 예지였다. 예지가 오늘도 사고를 친 모양이다. 엄마의 등장으로 모두들 어리둥절했다. 엄마까지 교장실에 나타난 광경에 숨이 막혔다. 모자 조직 폭력단이 되는 상황만은 막아야 했다. 한 성깔 하는 엄마가 교장실을 뒤엎을지도 모른다고 생각하니 아찔했다. 난 엄마와 최대한 눈을 마주치지 않으려고 고개를 들지 않았다.

"주노 어머님, 아프신데도 이렇게 와주셔서 감사합니다. 이번 일에 대한 입장을 말해주시죠."

이번엔 학년주임 선생님이 엄마에게 발언권을 주었다. 엄마는 대충의 사건을 예지에게 듣고 온 게 분명했다.

"제 아들이 집에 와서 툴툴거리질 않아 이런 사실조차 눈치 못 챈 못난 엄마네요. 그저 명문 학교에 보냈으니 잘 지내겠거니 마음 푹 놓고 있었죠. 근데 오늘 이 자리에 와서 보니 아들놈 속이 어지간히 상했을 것 같아 맘이 짠하네요. 효재 어머님 말씀대로 애들끼리 치고받고 할 수도 있죠. 근데 이게 어디 장난으로 한 대 친 겁니까? 제가 사실 개들을 좀 키웁니다. 요놈들 키우다 보니 별별 일을 다 봅니다. 가만 보면 꼭 덩치 큰 놈이 유난히 약해 보이는 놈만 골라 컹컹거리고 으르렁대며 위협을 가합니다. 어느 날 보니 요놈이 겁주는 것에 재미 들린 것 같더라구요. 그러다 가끔은 덩치 큰 놈한테 힘없는 놈이 뒤엉겨 반항이라고 할라치면 목덜미를 물어 뜯겨 기어이 피를 보고 맙니다. 그럴 때면 제가 막대기를 들고 사정없이 당장 저리 가! 하고 호통을 치고 그것도 안 되면 덩치 큰 놈을 질질 끌어냅니다. 그러니까 제 말은 처음부터 그 개를 끌어냈더라면 작은 놈은 피를 보지 않았다는 말이죠. 부족한 제 말 뜻을 헤아리실 줄 믿습니다."

엄마는 어느 때보다 단호했고 맘속에 있는 말을 막힘없이 쏟아냈다. 모두들 엄마의 도발적인 발언에 얼굴이 굳어지며 수군거렸다. 그중에서도 효재 엄마의 표정이 제일 어두웠다. 효재에게 징계는 타격이었다. 특목고를 준비하는 아이들에게 징계라는 건 입시 포기를 의미한다.

"주노 어머님, 애들끼리 치고받은 일인데 좋게 해결하시죠."

담임의 얼굴이 벌게지면서 엄마에게 권고하듯이 말했다.

"아! 썩은 사과를 골라내야 엽엽한 사과가 안 썩는 거 아닌가요! 뭔 놈의 학교가 폭력 사건이 일어나면 처벌할 궁리는 안 하고 쉬쉬거리는지 난 이해가 안 가네요!"

엄마는 격앙된 음성으로 물러서지 않고 이번에도 맞섰다.

"그럼 주노 어머님 원하시는 게 가해자의 처벌인가요?"

교장 선생님이 점잖은 목소리로 다시 엄마에게 되물었다.

"네, 처벌을 원해요! 이 일로 제 아들에게 또다시 보복이나 다른 문제가 생길 시에는 담임 선생님이 옷 벗을 각오하셔야 할 겁니다."

엄마는 무슨 변호사라도 된 것처럼 완고하게 맞섰다.

회의는 더 이상 엄마의 고집 때문에 별다른 진전 없이 끝났다. 효재는 나뿐만 아니라 예지도 괴롭혔다는 정황이 아이들 입을 통해서도 나왔기 때문에 맞대응을 하기가 쉽지 않았다. 효재 엄마와 밥통 패거리 엄마들의 항의가 있었지만 엄마는 설득당하지 않고 처벌에 대한 주장을 고집했다. 엄마가 목소리를 높여준 덕에 내가 할 역할은 적었다. 의기소침했던 마음도 조금 누그러졌다. 엄마는 담임을 잠깐 만나 뵙고 가겠다며 먼저 나가 있으라고 했다.

교무실 밖으로 나오자 복도 중간에서 카랑카랑한 목소리가 들렸다. 뒷모습이 효재 엄마였다. 효재 엄마는 효재의 등짝을 수차례

갈기며 미친 듯이 소리를 질렀다.

"내가 이 꼴 보려구 널 미국 유학 보내고 그 많은 돈 쓴 줄 알아! 잘난 놈들한테 좀 맞으면 어때! 여기선 이렇게 주먹질도 잘하는 놈이 거기서 끽 소리도 못하고 돌아와! 이 못난 놈아. 그렇게 살려면 차라리 죽어! 죽어버려! 너 잘 들어! 여기서 저깟 놈 때문에 물러설 수 없어! 이 일은 내가 처리할 테니까 넌 신경 끄고 성적 올릴 궁리나 하라고! 특목고도 떨어지면 그동안 너한테 들인 돈 다 토해낼 각오해라. 엄마는 손해 보는 짓은 안 하니까!"

효재 엄마는 분노를 참을 수 없다는 듯이 아들을 몰아붙였다. 그 순간 효재와 내 눈이 딱 마주쳤다. 효재는 나를 보자마자 엄마를 향해 소리쳤다.

"빨리 가! 가란 말야!"

효재는 그 말을 외치고 복도에서 계단 쪽으로 후다닥 뛰어 내려갔다. 효재 엄마는 효재 이름을 몇 번 부르더니 이내 포기한 듯했다.

잠시 후 교장실에서 나온 엄마는 내게 별말이 없었다. 무슨 말을 또 들은 건지 엄마의 표정이 심상치 않아 보였다. 무언가 질문을 하고 싶었지만 참았다. 엄마는 학교 건물에서 나올 때까지 입을 열지 않았다. 저놈의 담임이 또 무슨 말을 일러바쳤는지 괜히 불안하고 어깨가 움츠려 들었다.

"야, 이주노 얼굴 좀 펴라. 사내놈이 잔뜩 구겨진 얼굴을 하고는…… 그러니 저런 놈들한테 맞지.”

엄마가 교문 쪽까지 오자 날 보며 한마디했다.

“아, 그딴 소리 그만하고…… 오늘 회의 있는지 어떻게 알았어?”

“예지가 버스로 찾아왔더라. 이놈아.”

“걔는 꼭 시키지 않은 일은 잘도 해. 무슨 여자애가 오지랖이 그리 넓어.”

“난 네놈이 큰 사고 친 줄 알고 얼마나 조마조마했는지 알아!”

“조마조마한 사람이 그렇게 말을 잘해. 일부러 센 척했지?”

“어느 엄마가 자식 놈 두들겨 맞았다는데 가만있냐? 네 체면 봐서 교장실 엎지 않은 거나 알아!”

“엄마가 뭐 조폭이야, 뒤엎게?”

“야! 이주노 조폭 엄마라도 있는 거랑 없는 거 하늘과 땅 차이거든. 너 오늘 실수한 거야. 혼자 교장실로 들어간 건 연장 없이 공사장 가는 거랑 같거든. 근데 너 등빨 좋은 저놈들한테 맞느라 좀 아팠겠다.”

“뭐, 좀…….”

“너도 걔네들 쳤니?”

“생각 같아선 뻗어버릴 정도로 패고 싶은데 손이 말을 잘 안 들더라구.”

“잘했다 잘했어! 옛말에 이런 말 있잖아. 맞은 놈은 발 뻗고 자도 때린 놈은 발도 못 뻗는다더라. 엄마 말 무슨 얘긴지 알지. 난 깡패 아들 싫거든."

"나라고 주먹질하고 싶은 줄 알아? 근데 학교만 오면 이상하게 화가 나. 날 주먹질하게 만든다구!"

"그래도 이 학교 명문인데⋯⋯."

"나한텐 명문 아냐."

"명문 학교 보내놨더니 두들겨나 맞고⋯⋯."

엄마가 말끝을 흐리며 한숨을 깊게 내쉬었다.

그날 저녁 엄마는 어쩐 일인지 오랫동안 저녁 준비를 했다. 엄마가 만든 건 고추장 돼지불고기였다. 상추와 깻잎까지 곁들인 푸짐한 저녁이었다. 엄마는 계속 고기만 뒤적거리며 먹지도 않고 웃지도 않았다. 낮에 벌어진 일 때문에 엄마의 우울증이 또 도진 것 아닌가 싶어 저녁을 먹는 내내 목에 가시가 걸린 듯 편치가 않았다. 엄마는 고기를 굽는 와중에 간간히 소주잔을 홀짝거렸다. 엄마의 평소와 다른 모습에 분위기가 아주 불편했다. 엄마가 게걸스럽게 하하 호호 어린애처럼 굴 때가 어찌 된 게 더 편했다.

"너도 한 잔 주랴?"

"아이씨, 뭔 술이야. 하여튼 엄마는 미성년자한테 불량한 건 다 시켜. 진짜 골치 아픈 엄마야."

"엄마 앞에서 먹는 건 괜찮아. 어디서 사고 칠 것도 없고⋯⋯ 술은 원래 어른한테 배우는 거라 했는데…… 술을 가르쳐줄 어른이……
없잖아."

엄마는 그 말이 끝나자마자 다시 한 번 소주잔을 입에 댔다.

"오늘 술이 술술 잘 들어가네. 맛있다. 우리 아들하고 먹으니……."

엄마는 다 마신 소주잔을 내려놓으며 말끝을 흐렸다.

저녁 식사가 끝난 후 우리는 일찍 랜턴을 끄고 자리에 누웠다.
엄마나 나나 쉽게 잠들지 못했다. 둘 다 낮에 교장실에서 있던 일
이 은근히 신경이 쓰였던 것 같다. 더구나 모기 한 마리가 좁은 버
스 안을 윙윙거리는 통에 신경이 바짝 곤두섰다. 잠시 후 버스 안에
서 훌쩍거리는 소리가 희미하게 들려왔다. 나는 몸을 틀어 흐느끼
는 소리가 나는 쪽을 바라보았다. 어둠 속에서 어슴푸레 엄마의 등
이 들썩였다. 엄마의 우는 모습에 마음이 점점 무겁게 가라앉았다.

"엄마, 울어?"

엄마는 내가 묻는 말에 대꾸도 하지 않은 채 울음을 속으로 꾹
꾹 삼키는 듯이 보였다.

"엄마."

나는 어둠 속에서 조용히 엄마를 다시 불렀다.

엄마는 목이 잠긴 듯 헛기침을 몇 번 해댔다. 잠시 후 어둠 속에
서 엄마가 자리에서 일어나 앉았다.

"주노야…… 엄마는 아빠 죽고 단 하루도 쉬운 날이 없었거든. 근데…… 오늘 보니까 너도 나 못지않게 힘들었겠더라. 엄마가 오늘 일 곰곰이 생각해봤는데…… 이 모든 게 다아…… 엄마 때문인 것 같아. 그동안 네가 학교에서 얼마나 마음고생 많았는지 처음 알았어. 미안해…… 엄마 때문에…… 힘들었지."

깜깜한 밤중에 엄마는 나직이 속마음을 털어놓았다. 엄마의 이런 모습은 예상치 못한 일이었다.

"…… 저 개들 네 맘대로 해. 자식도 제대로 건사하지 못한 엄마가 개들까지 거느리겠다는 게 욕심이지. 지난번 동물 보호단체에서 나온 사람들이 그러더라. 십오년 이상 개 키울 능력이 되지 않는 사람은 자격이 없는 거라고……. 엄마는 한참 자격 미달인 걸 알았지만 인정하기 싫더라."

"왜 맘이 약해진 거야? 엄마 하던 대로 하지."

"이주노! 그래서 싫어?"

엄마가 어둠 속에서 뭔가를 꺼냈다. 잠시 후 라이터 소리가 피식 하며 파란 불꽃이 파르르 타올랐다. 엄마는 담배를 한 모금 빨아들이며 목 안 연기를 후우우 하고 한숨을 내뱉듯 밖으로 내보냈다.

"세상에…… 자식 이기는 부모 없다잖아. 내가 쓸 데 없는 고집부린 거 알아. 앞으로 니 놈 말도 가끔 들어주면서 살아보려구……. 니가 나보다 나은 구석이 있잖아."

엄마는 어두운 창밖을 뚫어지라 바라보며 눈가를 손으로 훔쳤다. 엄마가 드디어 개들을 보낼 결심을 했다는데 그 말을 듣는 난 이상하게 기분이 더 가라앉았다. 그때 개들이 밖에서 한바탕 소란스럽게 짖어댔다.

"에이씨, 저 놈의 개들은 눈치 없이 짖어대!"

갑자기 할 말이 없어 개 탓을 하며 몸을 돌려 누웠다. 그렇게 원하던 이야기를 엄마에게 들었는데 여전히 가슴이 답답했다.

"이주노!"

교문 앞 자전거 거치대 쪽으로 예지가 다가왔다. 난 예지가 날 부르는 소리에도 자전거 안장만 만지작거리며 못 듣는 척했다.

"너 화났냐?"

"그래 화 좀 났다. 넌 사고뭉치야."

"그래 좀 쳤다. 왜 맘에 안 들어!"

예지는 사고뭉치라는 말이 거슬린다는 표정이었다.

"이번이 기회잖아. 걔네들 죽사발 만들려고 너희 엄마 불렀어. 우리 아빠 어렵게 서울로 전학 보낸 딸이 학교에서 미운털 박힐까봐 눈치 보고 타협해버렸지만. 억울하잖아. 너희 엄만 우리 아빠처럼 눈치 보지 않을 것 같아 수업도 빼고 달렸지 뭐. 잘했지?"

예지는 배시시 웃으며 말했다. 웃는 얼굴에 더 이상 화난 척하기 어려웠다.

"우리 엄만 무서운 게 없는 사람이잖아."

"그래도 너희 엄마 약한 구석이 있더라. 네가 밥통들한테 맞았
다고 하니까 네 엄마 얼굴에 고압선이 지나가는 표정이던데."

"그거 우울증이라 그래."

"아냐. 네가 애들한테 맞고 다니는 게 속상했던 거 같아."

"울 엄마는 나 같은 건 관심 없어."

"야! 관심 없는 척하는 거지. 엄마도 말 못할 이유가 있을 거야."

"네가 우리 엄마 속을 알아?"

"알지. 말 안 해도 느껴져. 너희 엄마가 아들 많이 사랑하는 거."

"사랑 좋아하시네. 하루도 다투지 않는 날이 없다."

"너 다툼도 관심이 있어야 하는 거야. 우리 아빠는 돈으로 다 때
워."

"바보야, 돈도 사랑이 있어야 줘."

"하하하하 정말. 듣고 보니 말 된다."

아침부터 종일 비가 내렸다. 교실은 우중충한 비 때문에 더욱
어두웠다. 빗소리 때문인지 마음도 무거웠다. 며칠째 효재에 대한
징계 문제로 학교는 어수선했고 담임은 여러 번 나에게 좋은 쪽으
로 합의를 보라는 권고를 했다. 효재 쪽에서는 지난 번 복도에서

일어난 폭행을 문제 삼아 쌍방 과실이라는 말을 썼다. 비는 아침보다 더 세차게 내렸다. 저 비처럼 학교에서 벌어지는 일들을 싹 쓸어버리고 싶었다. 누군가에게 징계를 주는 일도 생각만큼 쉬운 게 아니었다. 그때 내 앞에 효재가 나타났다.

"이주노, 잠깐 나 좀 보자."

효재의 말투가 평소와 달리 조심성 있게 바뀌었다. 난 잠시 망설이다 고개를 끄덕였다.

"잠시면 돼."

효재의 목소리가 이제는 바르르 떨리기까지 했다.

"어디든 가자."

효재를 따라 시청각실로 갔다. 시청각실은 수업이 끝난 후라 텅 비어 있었다.

"뭔데 그래?"

난 경계심 어린 눈초리로 효재를 바라보았다. 효재는 잠시 고개를 떨구더니 조용히 입을 열었다.

"주노야, 지금까지 일은 한번만 봐주라. 내가 진짜 잘못했다. 예지에게도 사과했어. 이거 진심이야."

효재의 입에서 상상하지 못한 말들이 튀어나왔다. 또 무슨 수작을 부리는지 의심이 갔다.

"이제 와서 사과한다고 달라질 건 없어."

효재는 예전과는 달리 매우 쑥스러워했다.

"이주노! 쪽팔리지만 그냥 솔직하게 말할게. 내일 나 징계 결정 난대. 어쩜 강제 전학 갈지도 몰라. 너희 엄마가 용서 안 해주면……. 넌 모르겠지만 나 정말 힘들게 한국 왔어. 그날 우리 엄마 봤지. 나도 죽을 맛이야……. 엄마 기대에 못 미쳐 사람 취급 못 받아. 어느 땐 분노 조절이 안 돼서 누군가를 죽도록 패고 싶어."

나는 효재가 이제 와서 자신의 속마음을 털어놓으니까 잠시 당황이 되었다.

"5학년 때 미국에 처음 갔어. 엄마가 한국인이 없는 동네로 날 보내버렸는데 영어는 안 되고 혼자 두려웠어. 미국 애들은 동양인을 무슨 벌레 보듯 했고 아무도 나에 대해 신경 쓰지 않았어. 내 짝꿍이었던 애 아직도 기억나. 날 무슨 혐오 동물 보듯이 했거든. 걔 몸에 내 옷이나 손이 조금이라도 닿으면 괴성을 지르며 난리도 아니었어. 그 일로 선생님은 쓰레기 소각장 옆으로 날 데려가 하루 종일 썩은 냄새를 맡게 했어. 씨팔, 아직도 그 썩은 내가 몸 어디선가 나는 것 같아. 그것도 모자라 애들이 내 사물함에 '더러운 아시안'이라는 쪽지를 하루도 쉬지 않고 넣어뒀어. 책상 위엔 죽은 고양이 새끼와 쥐꼬리를 장난감이라고 올려두더라. 그걸로 끝이 아냐. 수업이 끝나면 백인 애들이 우르르 몰려와 날 교실 바닥에 앉혀 놓고 주먹으로 머리를 쥐어 팼어. 덕분에 머리에선 불이

난 것처럼 뜨거웠어. 영어가 안 돼 담임이나 학교에 항의조차 못

했어. 동양인이 없는 학교에선 그저 난 벌레였어. 엄마한테 미국이

싫다고 울면서 전화했지만 소용없었어."

효재의 입에서 튀어나온 말들은 놀랍게도 폭력에 대한 기억이

었다.

"넌 진심을 말하면 징계 취하라도 될 줄 알지. 난 네가 예전에

어떤 생활을 했는지 관심 없어."

"주노야, 네가 날 용서하지 않을 거라는 건 알지만 지금 이 순

간은 거짓이 아냐. 한국에 와서도 유학에 실패했다고 엄마는 날

몰아세웠고 또 다른 걸 요구했어. 성적은 생각만큼 오르지 않아

늘 불안했고. 나도 이런 상황이 죽고 싶을 만큼 힘들어. 흑……

흑…… 흑."

효재가 기어이 눈물을 보이고 말았다. 효재가 거짓 눈물을 흘

린다고는 느껴지지 않았다. 차라리 저 모습이 거짓이라면 마음이

편할 것 같았다. 나는 마음이 착잡했다. 저 녀석의 눈물을 보지 말

았어야 했다. 어디론가 멀리 달아나고 싶었다. 나더러 지금 어쩌

라는 건지 모르겠다. 어제까지 날 괴롭혔던 놈이 내 앞에서 오늘

은 징징 짜며 용서를 해달란다. 어깨에 힘 풀고 덤비는 것도 상대

할 일이 아닌 것 같다. 효재는 사람 속을 뒤집는 재주가 있다. 진심

이라며 닭똥 같은 눈물을 흘리며 사과까지 하는데 이상하게 기분

이 더럽다. 겉으로 뭐 하나 부러울 게 없는 놈이 속을 뒤집어 까며 나더러 어쩌라는 건지 모르겠다. 참 사람을 헷갈리게 하는 놈이다. 이런 걸 반전이라고 하는 걸까. 용서를 해도, 안 해도 마음이 둘 다 개운치 않다. 그날 효재 엄마가 효재에게 했던 말들이 떠올랐다. 효재도 알고 보면 벗어날 수 없는 무언가가 분명히 있는 놈이었다.

"꺼져라 새꺄. 뒷일도 감당 못하는 놈이 누굴 괴롭혀! 넌 끝까지 비호감인 거 알아!"

난 신경질적으로 효재를 향해 소릴 질렀다.

"엄마, 밥통들 용서해주자."

집으로 돌아와 엄마에게 처음으로 한 말이었다.

"왜? 그놈이 너한테 싹싹 빌디?"

"효재가 수업 끝나고 날 찾아왔어."

"야! 넌 오기도 없니? 그거 다 수법이야. 순진하긴."

"나도 믿고 싶지 않아. 근데 걔도 아주 편해 보이진 않았어."

"그렇다고 널 괴롭힌 놈들을 그렇게 쉽게 용서해? 용서가 그리 쉽게 돼? 맘이 좋은 거야, 물러 터진 거야? 너 나중에 후회하지 말고 잘 생각해라. 무식하게 덤비는 놈들에게 쓴 맛을 보여줄 기회 놓치는 거야. 이 자식 누굴 닮아 맘이 그리 약해!"

"그게 꼭 나여야 할 필요는 없잖아."

"누굴 닮아 맘이 그리 약한 거니? 피는 못 속인다고……."

"마음이 약한 게 아니라 용서해준 거야. 언젠가 책에서 보니까 용서는 가장 큰 용기래."

"그래, 당사자가 용서했다는데 내가 뭘 어쩌겠니. 걔네들은 참 운도 좋네."

"나도 이게 진짜 용서인지 아직 몰라. 그래도 효재에게 용서가 뭔지 알려주고 싶어."

"용서가 하루아침에 되는 건지 알아? 응어리진 게 풀리려면 꽤 시간이 걸릴 거다."

난 엄마 말이 무슨 뜻인지 감이 잡히지 않았지만 누군가를 용서한다는 건 점점 내 마음이 커진다는 뜻 같았다. 그래서 말 그대로 용기라는 걸 내보는 거다. 이건 효재를 위해서가 아니라 나를 위해서다. 내가 꽤 괜찮은 녀석이라는 사실을 증명하고 싶었다.

다음 날 엄마는 효재를 용서하겠다는 전화를 교장에게 했다. 그 덕에 효재는 정학도, 강제 전학도 가지 않았다. 그러나 효재가 선택한 건 뜻밖에 휴학이었다. 들리는 소문에는 효재가 분노를 참지 못하고 엄마를 두들겨 팼다고 했다. 그 바람에 효재는 경찰에 신고까지 되었고 분노 조절 장애로 효재와 그 엄마까지 모두 치료를 받아야 한다는 의사의 소견서까지 나온 상황이었다. 효재는 그 뒤

학교에서 보이지 않았다. 녀석을 따르던 밥통들도 모두 흩어져버렸다. 효재의 근황은 예상치 않았던 소식이어서 씁쓸했다.

유기견 파티

호영이가 개를 끌고 버스로 찾아왔다. 호영이의 개는 골든 리트리버였다. 대형견답게 눈망울이 영리해 보여 주인과 잘 어울렸다. 호영이의 느닷없는 방문에 놀란 건 나였다. 나는 허둥대다 정강이를 버스 문에 부딪치고 말았다.

"웬일이야? 여긴……."

"강아지들 보려고. 소문 들었어. 입양 보낼 거라며."

"어엉……."

난 대충 얼버무렸다. 호영이는 개들이 묶여 있는 곳으로 다가가 이리저리 상태를 살펴봤다. 낯선 사람의 등장으로 개들은 소란스럽게 짖었다. 개들의 기개 하나만큼은 호영이의 개와는 비교가 안 될 만큼 대단했다.

"어쩌다 이 많은 개들을 데려왔니?"

호영은 짖어대는 개들을 보고도 당황하지 않았다. 듬성듬성 털이 빠진 개들의 머리를 쓰다듬기까지 했다.

"엄마가 개를 좋아해."

"이런 걸 '애니멀 호더'라고 하던데. 이대로 방치하면 개들은 더 망가질지 몰라."

"어차피 여기서 얼마 못 있어. 일주일 뒤면 버스가 철거된대. 퇴거 명령을 받았거든."

"큰일이네. 내가 도울 일 없니?"

호영의 따뜻한 말 한마디가 다소 위로가 됐다. 반장 선거 때 호영에게 표를 주지 않은 게 미안했다.

"사실 애완견 보호단체에 도움을 요청했어. 거기는 개들을 함부로 죽이지는 않나봐. 마음을 정하고 나니 내가 진짜 쟤네들을 위해 한 일이 없더라. 그래서 개들을 보내기 전에 마지막으로 입양 파티를 버스에서 해볼까 해."

"와아…… 근사한데! 유기견 입양 버스 아이디어 좋다."

"내가 할 수 있는 게 이것밖에 없어. 예지도 돕기로 했어. 걔는 이미 고양이들을 입양해 갔거든. 요즘 고양이들과 적응하느라 애 좀 먹나봐."

"주노야, 나 한번 믿어봐. 좋은 일 생길지 누가 알아. 내가 누구냐, 애견 사랑 호영 아니냐. 내가 홍보 좀 할게."

호영은 자신도 참여할 수 있는 일을 해보겠다며 내게 힘을 실어주었다. 나는 미리 준비한 애견 파티 전단지를 호영에게 나눠주었다. 호영이는 확실히 재수때기 원장과는 차원이 달랐다.

3교시 체육 시간이 끝나고 교실로 올라오는 동안 준비해둔 유기견 파티 초대장을 예지에게 주었다.

"어, 유기견 입양 버스 음…… 괜찮네."

"이번 주 토요일 밤 일곱 시야. 올 거지?"

"내가 입양 1호잖아. 빠지면 안 되지. 근데 너 아까부터 심란해 보이더라. 무슨 일 있어?"

"사실 우리 철거 명령 받았어. 그래서 이번 주 안에 가족 모두 버스를 떠나야 돼."

"그렇구나. 어디로 갈 건데?"

"아직 결정된 건 없어. 개들이 해결되면 어디든 갈 곳이 생기겠지."

예지는 걱정스러운 얼굴로 날 보다가 갑자기 밝게 웃으며 말했다.

"야, 애견 파티 하려면 강아지들 꽃단장해야 되는 거 아냐?"

"애들이 한둘이어야지. 씻길 데도 없고, 니가 꽃단장시켜주면 땡큐고, 우리 애들 좀 험악하잖냐."

"오케이. 우리 집에서 씻기면 돼. 예쁘게 꽃단장시켜서 카페에 사진도 찍어 올릴게."

"광고는 어떻게 해?"

"호영이가 도와준대."

"학교 게시판이나 지하철역에 전단지 좀 돌리고 해야지."

"그래 나도 틈틈이 도울게. 지금 보니까 너 유기견 지킴이 해도 되겠다."

"유기견 지킴이?"

"야, 지킴이가 별거냐? 유기견에게 가족을 만들어주는 게 지킴이 역할이지. 사실 너희 엄마 대단하지 않냐? 다른 사람 같으면 누가 귀찮게 개들을 거둬. 개들이 죽든 말든 그냥 보호소로 보내고 말지."

"그 오지랖에 우리가 노숙자 신세 아니냐."

"그래도 너희 엄만 멋있어. 주인에게 버림받은 강아지 한 마리도 하찮게 여기지 않잖아."

"야! 너 우리 엄마 앞에서 그런 말 입 밖으로 내지 마. 니가 한 말 들으면 이번엔 뭘 또 끌고 올지 몰라."

"알았다 알았어. 다시 버스에서 살면 안 되지."

"이번엔 아마 버스가 아니라 우릴 흉가로 끌고 갈지 몰라. 우리 엄마 약간 돈키호테 같은 기질이 있거든."

"알았어. 널 위해서 입에 지퍼 꽉 채울게."

호영이는 애견 파티 공지 쪽지를 SNS에 올렸다. '유기견 버스에서 반려견 입양하세요.'라는 타이틀을 만들었다. 더 놀라운 일은 개들에게 위로의 파티를 해주기로 한 결정이다. 마지막으로 주인에게 버림받고 갈 곳조차 없는 개들을 위한 조촐한 파티였다. 유기견 파티 프로그램을 만드느라 호영이랑 교실에 남아 머리를 맞대고 끙끙댔다. 예지 역시 고맙게도 매일 두 마리씩 자신의 오피스텔로 데려가 목욕을 씻기고 털을 다듬고 머리에 리본도 달아주었다. 온라인 유기견 사이트에 사진을 올리는 것도 잊지 않았다. 이번 기회에 개들에게 좋은 주인을 찾아주는 것도 중요하지만 우리 가족의 거처를 마련하는 것도 중요한 일이었다. 일요일까지 버스를 비우지 않으면 철거반원들에게 우리 가족이 짐짝처럼 버려질지 모를 운명이다. 그들에 의해 강제로 철거당하지 않으려면 저 개들부터 피난처로 보내야 한다. 난 유기견 지킴이도 아니고 엄마처럼 동물에 대한 사명감도 별로 없지만 이번 유기견 파티는 꽤 기대가 되었다. 누군가를 위한 일을 스스로 꾸민다는 게 이렇게 흥분이 되는 건지 처음 알았다. 근거 없는 자신감까지 충만했다. 열무와 새우의 죽음을 통해 개들도 사람처럼 상처도 받고 아파도 한다는 사실이 그 일을 할 수 있게 만들었다. 언제나 개들을 유기견 보호소로 보내버리는 게 제일 속 편한 일이라고 믿어왔다. 그런 내가 떠돌이 개들을 위해 입양 파티를 열 줄 몰랐다. 그렇다고 누군가와 싸워가며 욕을 얻어먹던 엄마의 마음을 다 이해한 건 아니다. 한 가지 분명한 건 살아 있는 생명은 그 어떤 이유에서건 사람이 죽일 권리가 없다는 생각이다. 그래서 더 열심히 개가 필요한 사람들을 찾아 나설 각오가 생겼다. 생명은 단순한 물건처럼 폐기 처리 될 게 아니었다. 이제 그 생명에게 가족을 찾아주고 싶은 마음이 간절했다. 이런 마음이 무지개다리를 건넌 새우나 열무에게 그리고 어딘가에서 지금도 길을 헤매고 있을 해롱이나 부슬이에게도 전달되었으면 하는 마음이었다.

토요일, 버스는 애견 파티를 준비할 수 있도록 짐들을 공터 구석으로 내다 놨다. 개들을 싫어하는 이모까지 버스에 찾아와서 파티를 도왔다.

"이주노, 너 그동안 애 많이 썼다. 사실 집으로 오라고 하고 싶지만 난 저 개들 데리고는 단 하루도 못 견뎌. 지금이라도 네 엄마가 마음을 바꿔서 진짜 다행이야. 개들 갈 곳 정해지면 이모네 집으로 들어와도 좋아. 참 그리고 이참에 나도 개 한 마리 입양해 가려구. 한 마리 정도는 충분히 키울 수 있거든."

"진짜?"

"그럼 진짜지. 내가 애가 없잖니. 우리 주노가 그리 원하는데 한 마리 정도는 내 자식처럼 입양해 키워볼 생각이야. 니 엄마 봐서는 진짜 그러고 싶지 않다만 우리 착한 주노 마음이 이뻐서. 어디 보자, 가장 순하고 말 잘 듣는 놈이 누굴까아."

이모가 유기견 입양에 동참한다는 말에 나도 모르게 입에서 탄성이 나왔다.

엄마는 종점 입구에 플랜카드를 내걸었다. '유기견 입양 파티에 여러분을 초대합니다.'라는 문구가 크게 걸렸다. 버스 안에는 풍선 장식을 천장에 달았고 야광 색지도 창에 붙였다. 예지가 예쁘게 단장시킨 유기견 사진들을 모아 창문 위에 줄지어 장식했다. '우리 애들 어때요? 이쁘죠?' 이런 문구도 손잡이 쪽에 걸었다. 이모는 사진을 보면서 예쁘다는 말을 여러 번 반복했다. 엄마는 당분간 이모 집에 얹혀살아야 하는 현실을 인정한 듯 이모의 눈치를 보면서 애살스럽게 비위를 맞췄다. 그런 엄마의 속이 얼마나 뒤집어졌을지 상상을 해보니 웃음이 피식 터졌다.

유기견 파티는 저녁 여섯 시부터 시작됐다. 먼저 온 호영이와 예지가 공터 입구에서 고깔모자를 쓰고 바람잡이 역할을 했다. 종점 버스 공터에 호영이가 섭외한 학교 오케스트라 단원들이 개들을 위한 음악을 연주해주었다. 이건 순전히 힘든 노숙 생활을 견뎌준 유기견을 위로하는 연주곡이었다. 가출 청소년 쉼터에서 아이들과 선생님이 찾아와 인사를 했다. 쉼터 선생님은 그곳 아이들은 대부분 부모의 학대로부터 벗어나기 위해 쉼터에 머물고 있다고 했다. 그들은 개들을 보자 선뜻 손을 내밀지는 않았지만 얼마 후 개들과 어울리자 굳어졌던 표정들이 조금씩 풀렸다. 그들은 개들을 쓰다듬어주었고 자신들이 들고 온 시집을 꺼내 낭송도 해주었다.

공터 입구에 낯익은 할머니 할아버지 몇 분이 들어섰다. 며칠 전 전단지를 돌리던 임대 아파트에 사시는 분들이었다. 반가운 마음에 뛰어가 인사를 했다. 호영이가 SNS에 공지를 올린 덕분에 유기견에 관심이 있는 학교 친구들도 삼삼오오 버스로 모여들었다. 나는 파티에 온 사람들에게 개들을 한 마리씩 소개하는 진행자 역할을 맡았다. 개들이 낯선 사람들 때문에 놀라지 않도록 간식을 주면서 기분을 살폈다. 사람들이 모여들자 나는 공터 중앙에 서서 짧은 소개를 했다.

"유기견 지킴이로 활동하는 '신선한 개껌' 이주노라고 합니다. 여기까지 오신 여러분들 정말 고맙습니다. 이 개들을 보고 조금 놀라셨죠. 얘네들은 모두 집을 잃었고 주인에게 버림받았어요. 아쉽게도 오늘 밤이 지나면 이 개들도 이곳을 떠날 수밖에 없는 상황이 됐어요. 버스가 철거되거든요. 안락사를 기다리라는 절망적인 말을…… 할 수 없어서…… 이 파티를 열었어요. 오늘밤 상처

받은 개들의 새 주인이 되는 걸 잠깐이라도 고민하는 시간이 됐으면 좋겠습니다. 마지막으로 우리 개들에게…… 고마웠고 사랑한다는 말을…… 전합니다.”

나는 마지막 인사를 개들에게 하며 호영이에게 진행을 넘겼다. 진짜 개들과 마지막이 될 것이란 생각이 이제야 실감 나 목이 잠겼다. 낯선 사람들 앞에 선뜻 나서지 못하는 성격인데 무슨 조화인지 끝까지 말을 이어갔다.

“주노야!”

내 이름을 부르는 사람은 놀랍게도 재수떼기 동물 원장이었다. 재수떼기는 내게 어색하게 손을 흔들었다.

“여긴 어쩐 일이세요?”

난 달갑지 않은 표정으로 떨떠름하게 말했다.

“호영이에게 네 얘기 들었다. 호영이가 여기 안 오면 부자 관계 끊겠다더라.”

결국 부자 관계 끊길까 봐 여기에 끌려왔다고 생각하니 기분이 썩 좋지는 않았다.

“그런 표정 짓지 마. 농담이야. 네가 돌린 이 전단지를 우연히 보게 됐어. 이상하게 마음이 편치 않더라. 네 얼굴 보기도 미안하고…… 또 유기견들이 궁금하기도 해서…… 그때 심장병 걸린 강아지는 어딨니?”

재수때기 원장은 조심스럽게 물었다.

"죽었어요."

나는 무뚝뚝하게 대답했다.

"저런…… 안됐구나…… 도와주지 못해 미안하다. 이렇게 딱한 사정이 있는 줄 몰랐어. 아니 몰랐다는 건 거짓이고 외면한 거지. 배부른 인간들이 세상에 많지만 배가 너무 불러 대부분 배고픔을 몰라. 그런 인간이 바로 나야."

제수때기 원장은 씁쓸한 미소를 지으며 말했다.

"내가 도울 수 있는 일들이 있으면 말해다오."

나는 아무 말도 하지 않았다. 이제 와서 도움을 받는다고 달라질 게 없었다.

"나도 너만 할 때 집안 형편이 어려웠어. 혼자 힘으로 버겁게 살아오다 보니 주변에 관심이 없게 되더라. 이건 내 경험인데 너무 힘든 걸 참는 것도 좋은 건 아니야. 버거울 땐 손 내미는 것도 용기지."

"손 내밀었지만 원장님은 거절했잖아요."

난 서운함을 솔직하게 말했다.

"그땐 진짜 자신이 없었어. 섣부르게 뭔가를 돕다가 끝까지 해내지 못해 더 상처를 주는 경우가 종종 있거든. 개들 주인들도 처음엔 끝까지 잘 키우겠다고 해서 데려갔지만 중간에 감당 못할 일들이 하나둘 생기면 그냥 손을 놔버리거든. 그래서 자신이 없었어. 그래도 넌 여기까지 왔잖아. 사람이 변하지 않을 거 같지만 어떤 계기로 조금씩 변하게 되나 봐. 그러니…… 용서하렴."

갑자기 재수때기 원장의 사과에 계속 화를 낸다는 게 우습게 되어버렸다.

"그리고 이건 부탁인데…… 네가 들어줬으면 좋겠다. 사실 호영인 내가 널 안다는 사실조차 몰라. 아마 새우 치료를 거절한 걸 알면 많이 실망할 거야. 호영인 나와 다르거든. 비밀 지켜줄래?"

난 잠시 망설이다 대답을 했다.

"그 비밀 무덤까지 가지고 가면 되는 거죠."

"그래주면 좋고……."

재수때기 원장이 자식을 무서워한다는 사실을 처음 알았다. 그는 마지막까지 호영이에게 존경받는 수의사로 남고 싶어 했다. 그 사실에 나는 목에서 쓴맛이 났다. 사람이 동물과 다른 것이 있다면 그건 바로 이중성일 거라는 생각이 들었다. 나 역시 이 비밀을 끝까지 지킬지 알 수 없다. 내가 유기견을 대하는 마음이 변했듯이 재수때기 원장도 나처럼 조금씩 변한다는 사실을 한번 믿어보고 싶었다.

버스 종점에 처음으로 사람들이 많이 모인 날이었다. 공터는 시간이 지날수록 사람들의 발길로 북적거렸다. 엄마는 사람들이 모여들자 기분이 들떠서 점점 표정이 환해졌다. 급기야는 줄 끊어진 기타를 가져와 목에 걸고 십팔번을 부르기 시작했다. 개들을 위한 위로의 노래라고 했다.

"사노라면 언젠가는 좋은 날도 오겠지. 흐린 날도 날이 새면 해가 뜨지 않더냐. 산다는 게 얼마나 소중한 건데 매일매일 주인 찾아 거리를 헤매냐. 더 이상 낭비 말고 새 주인 만나 살자. 나쁜 기억은 다 지워. 새파랗게 젊다는 게 한밑천인데 쩨쩨하게 굴지 말고 가슴을 쫙 펴라. 내일은 해가 뜬다. 내일은 해가 뜨은다."

엄마는 가사도 맘대로 바꿔버리고 키도 맞지 않는 기타 줄을 땡땡거리면서 끝없이 '내일은 해가 뜬다'를 불렀다. 난 노래 가사 중 '더 이상 시간 낭비 말고 새 주인 만나 살자'라는 부분이 마음에 들었다. 자신을 버렸던 주인에 대한 상처를 개들이 진짜 머릿속에서 깨끗이 지우길 마음으로 바랄 뿐이었다. 줄 끊어진 기타 같이 초라하지만 노래 가사처럼 내일은 해가 뜰지 그건 아무도 모른다. 어쩌면 사람들이 버스로 모여든 이유는 버스에서 사는 사람들에 대한 호기심 때문일지도 모른다. 자신들의 삶과는 조금 다른 사람들과 유기견들이 그들에게는 구경의 대상일지 모른다. 그래도 난 괜찮다. 그들이 단 한 번이라도 세상에 버려진 저 개들이 누구 때문에 집을 잃고 길 위에서 죽어가는지 눈여겨보았으면 했다. 장 루슬로의 시처럼 '숲을 쓰러뜨리고 나무를 가져다주는 자들'이 오늘밤 나타나지 않을지도 모른다. 지난 시간 동안 떠돌이 개들과 함께 내 작은 심장이 조금씩 조금씩 자라고 있었다. 세상은 그리 춥다고 믿지 않는다. 왜냐하면 내가 변했듯 세상도 느리지만 조금씩 변할 것이기 때문이다.

오늘 밤 파티는 개들만을 위한 것은 아니었다. 곧 이곳을 떠날 우리 가족에게도 파티는 위로가 되었다. 그동안 개들 때문에 가슴앓이를 했지만 덕분에 많은 걸 경험했다. 이 밤이 지나면 우린 또 다시 어디론가 옮겨가야 한다. 그것이 이모네 집이 될지 아니면 엄마가 말했던 그 흉가가 될지 알 수 없지만 이젠 두렵지 않다.

"야! 이주노 너 죽었어! 우리 똥강아지들 저놈의 영감탱이한테 못 줘! 허구한 날 술 처먹고 쟤들 괴롭힐 것 같으면 놔두라고 해. 데려갔다 파양하기만 해봐. 저승까지 따라갈 테니까. 그런 사단 나면 너도 호적 파서 나갈 각오해라!"

난데없이 엄마의 호적 엄포가 또다시 시작됐다. 무슨 일인가 싶어 고개를 돌려보니 공터 입구에 놓인 파라솔 의자에서 몇몇 할아버지들이 소주잔을 기울이며 얼굴까지 벌게져 술판을 벌이고 있었다.

"호적 팔 일 생기면 그땐 나도 가만있지 않을 걸!"

난 엄마를 향해 힘껏 소릴 질렀다. 나는 그 할아버지들을 보며 피식 웃음이 났다. 내가 전단지를 돌리던 임대 아파트에서 홀로 사시던 노인 분들이었다. 그분들도 우리 개들처럼 외로운 존재들이었다.

날이 점점 어두워갔다. 내일은 잿빛 하늘을 뚫고 푸른 하늘을 볼 수도 있을 거라는 희망이 나를 두근거리게 했다. 언제나 상황이 변화무쌍한 것처럼 시간이 지나면 분명히 내 삶도 달라질 것이다. 오늘밤이 지난다고 공터의 낡은 버스가 황금버스로 변하는 마법은 일어나지 않을 거라는 걸 안다. 그래도 나는 언제나 황금버스를 탈 수 있는 열다섯 살이다. 개똥 같은 내 인생이라고 해가 뜨지 말라는 법은 없다.

　오년 전 이 소설이 시작되었다. 그동안 여러 모양으로 짓고 부수고를 하다가 급기야는 포기하려고도 했다. 지독한 슬럼프와 동생의 죽음, 그리고 몸이 아팠다. 그래서 이 책은 내게 더 의미가 있고 애정이 가는 아픈 손가락이다. 아픈 손가락을 움직일 수 있게 해준 자음과모음에 감사드린다.

　이 소설의 모티브는 인터넷에 돌아다니는 한 줄 기사였다. 유기동물과 함께 사는 가족이 결국 집에서 내쫓겼다는 이야기였다. 그 기사 한 줄이 좀처럼 뇌리를 떠나지 않다가 급기야는 집을 짓고 말았다.

　사고로 남편을 잃고 우울증에 걸린 엄마, 아빠를 잃은 남매, 그리고 그 허전한 공간을 메워버린 떠돌이 개와 고양이, 이런 단어들이 가슴을 송곳으로 찔렀다. 그들의 운명에 대해 잠시 생각하게 되었다. 그들은 세상에서 소외된 사람들이다. 마찬가지로 버려진 개와 고양이 들도 주인에게서 버림받은 존재들이다. 그들은 고독하지만 서로 부대끼며 생명이 얼마나 소중한 것인지 알게 했고, 결국 따뜻한 영혼의 힘을 발휘한다.

나 역시 십이년 전부터 개를 키운다. 생명을 돌본다는 것이 얼마나 막중한 책임을 요하는 일인지 뒤늦게 깨달았다. 버려지는 반려동물 수가 연간 십만 마리가 넘는 게 현실이다. 사람들이 별 생각 없이 개를 데려다 키운 결과이다. 근본적으로 생명을 돈 주고 살 수 없도록 제도적 장치를 마련하는 것은 어떨까.

이 소설이 빛을 보게 애를 써주신 자음과모음의 사태희 국장님, 최성휘 차장님, 그리고 소설의 군불을 지펴주는 우리 일곱 문우들, 마지막으로 사랑하는 가족과 반려견 몽실에게 감사의 말을 전하고 싶다.

소년, 황금버스를 타다

© 손현주, 2017

초판 1쇄 발행일 | 2017년 3월 15일
초판 3쇄 발행일 | 2017년 12월 13일

지은이 | 손현주
펴낸이 | 정은영
편   집 | 사태희 최성휘
마케팅 | 이경훈 한승훈 윤혜은 황은진
디자인 | 서은영
제   작 | 이재욱 박규태

펴낸곳 | (주)자음과모음
출판등록 | 2001년 11월 28일 제2001-000259호
주   소 | (우 04083) 서울시 마포구 성지길 54
전   화 | 편집부 (02)324-2347, 경영지원부 (02)325-6047
팩   스 | 편집부 (02)324-2348, 경영지원부 (02)2648-1311
E-mail | jamoteen@jamobook.com

ISBN 978-89-544-3722-6 (43810)

이 도서의 국립중앙도서관 출판예정도서목록(CIP)은 서지정보유통지원시스템 홈페이지
(http://seoji.nl.go.kr)와 국가자료공동목록시스템(http://www.nl.go.kr/kolisnet)에서
이용하실 수 있습니다.(CIP제어번호: CIP2017004921)